哈福

NEW TOEIC單字
800~900得分策略

每天10分鐘，牢記必考核心單字
特殊記憶心法，滿分立刻拿到手

張瑪麗◎編著

哈福

【前言】

必考單字+唸整句，強化聽力與單字力

比爾蓋茲，白手起家，創造一個企業神話，36歲，成爲世界上最年輕的億萬富翁。通過新多益認證，你也可以成爲比爾蓋茲。

新多益測驗的設計方式，題材非常多元化，內容涵蓋世界各個地點和狀況，並以職場工作需求爲主，本書因應NEW TOEIC測驗，搜集世界各地職場，必備的英文資料編輯而成，大大加強您的職場競爭力。

NEW TOEIC是世界知名的英文檢定考試，而且是商業和職場的英文能力測驗指標，分數730至855，就可拿到藍色證書，藍色證書等於求職薪保證。

全世界各企業對NEW TOEIC成績都非常重視，近年來台灣各大企業對TOEIC也很重視，擁有NEW TOEIC高分成績，在職場上更有競爭力。

分數860至990，可拿到金色證書；分數730至855，可拿到藍色證書；分數470至725，可拿到綠色證書；分數220至465，可拿到棕色證書；分數10至215，可拿到桔色證書。

NEW TOEIC採用聽力與閱讀測驗題型，測驗時間爲2小時30分鐘，基本資料30分鐘，聽力45分鐘，閱讀75分鐘。

聽力測驗和閱讀測驗各有100題，總分各495分，共計990分，成績只和答對的題數有關，答錯不會倒扣分數，如果不會答，也要儘量猜。聽力測驗與閱讀測驗成績要好，單字是地基，地基穩固，聽力與閱讀自

然好。

有很多想要參加NEW TOEIC檢定考試的人，經常問：「如何提升單字力？」有人為了提升單字力，不斷地背很多單字，雜亂無章的學習是沒有效果的。

要有好的學習效果，必須針對NEW TOEIC的出題方向，才能達到高分的策略。首先要知道NEW TOEIC考試須具備多少單字力，將出題可能性較高的重要單字，集中學習才是良策；也要知道自己的單字力達到什麼程度？了解自己哪個領域的單字力比較弱，強化弱點是很重要的。

NEW TOEIC測驗的重點是擺在「聆聽英語，理解英語」、「迅速地瞭解文章大意」的能力。與一般以筆試為主的測驗大不相同，因此學習方法當然就會不一樣。

本書是為了有效率地提升NEW TOEIC應試者的英語單字理解力、運用力以及英語的綜合能力編輯而成。全部的字彙都附有例句一起學習，有很高的加分效果。至於例句的選擇方向是根據NEW TOEIC的宗旨和個人經程度及狀況的不同來分類，都是具有實用性及機能性的句子。

本書單字經過電腦嚴選，都是在NEW TOEIC聽力測驗與閱讀測驗中，出現頻率最高的單字，針對考試對症下藥，是NEW TOEIC的黃帝內經，教您如何在長、短期準備好考試的方法，穩住考場信心，拿高分。

只要確實讀完本書，保證您極短時間內，即可在NEWTOEIC考試中獲取高分，職場上步步驚薪。

02 MP3　　第一週第一天 (Week 1 ─ Day 1)

單字・同反義字	音標・例句	字義・中譯
◀ **abandon** 回 quit, desert 反 conserve, maintain	v. [əˋbændən] ◀ She abandoned her child due to poverty.	動 拋棄，放棄 她因為貧窮拋棄了自己的孩子。
記憶心法	a表「不」，ban表「禁止」，合併是「不再禁止」，可以想成：老師「不再禁止」學生作弊，完全「放棄」他們了。	
◀ **abduct** 回 hijack, kidnap	v. [æbˋdʌkt] ◀ He remained quite cool when he was told his daughter had been abducted.	動 誘拐，綁架，劫持 他在被告知女兒遭綁架時，依舊保持冷靜。
記憶心法	ab表「離開」，duct表「引導」，合起來是「把某人引出離開家門」，因此便有「誘拐」之意。	
◀ **absorb** 回 assimilate, involve 反 give, forget	v. [əbˋsɔrb] ◀ It's impossible for students to absorb so much at once.	動 吸收，使全神貫注，吸引 讓學生們一次吸取那麼多(內容)是不可能的。
記憶心法	ab表示「離開」，sorb表示「吸入」，合併起來是「從…吸入某物」，因此便有「吸收，使全神貫注，吞併」之意。	
◀ **abuse** 回 misuse, curse, insult	v. [əˋbjuz] ◀ We should make rules to stop officials from abusing their power.	動 濫用，辱罵，虐待 我們應該立法，阻止官員濫用權力。

回 misuse, ill-treatment	n. [ə'bjuz] ◀ The problem of drug abuse has aroused government's attention.	名 濫用，辱罵，虐待 濫用毒品問題已經引起了政府部門的注意。

記憶心法 ab表「變壞」，use是「使用」，合起來是「不好好地使用」，即「濫用」的意思。

◀ **accelerate** 回 speed up, speed 反 decelerate, retard	v. [æk'sɛlə,ret] ◀ They held talks with the hope of accelerating world peace.	動 增加，增長，使加速，促進 他們進行對話，期望促進世界和平。

記憶心法 ac表「加強」，celer表「速度」，ate是動詞字尾，合起來是「加快速度」，因此便有「增長，增加，使加速，促進」之意。

◀ **accessible** 回 available, obtainable 反 inaccessible	a. [æk'sɛsəbḷ] ◀ This region is accessible only by bus.	形 可接近的，可進入 只能搭乘公共汽車才能進入那個地區。

記憶心法 access表「進入，接近」，ible表「有…傾向的」，合起來便有「可接近的，可接觸的，可得到的」之意。

◀ **accomplice** 回 participator, ally	n. [ə'kɑmplɪs] ◀ The criminal's accomplice was finally found out.	名 從犯，幫兇，同謀 那個罪犯的同謀最後還是被找到了。

記憶心法 ac表「對，在，到」，com表「一起」，plic表「重疊」，合起來是「重疊一起做」，因此便可聯想到「同謀」。

◀ account	v. [əˈkaʊnt]	動 把⋯視為,解釋,說明,占(多少)
同 explain, come to	◀ He was asked to account for his failure.	他被要求解釋他為何失敗。
同 description, report	n. [əˈkaʊnt]	名 描述,帳戶,解釋,說明
	◀ The onlookers gave an account of the fight to the police.	旁觀者向警員描述了鬥毆的過程。

記憶心法	ac表「對,到,在」,count表「數,計數,總數,認為,看作」,合起來便有「把⋯視為,占(數量多少),帳戶,戶頭」之意。

◀ accountant	n. [əˈkaʊntənt]	名 會計
同 auditor, bookkeeper	◀ The manager kept terms with his accountant.	經理與他的會計關係很好。

記憶心法	account表示「帳戶,戶頭,帳單」,ant表示「⋯的人或事物」,合併起來是「管理帳戶或帳單的人」,便有「會計」之意。

◀ accumulate	v. [əˈkjumjəˌlet]	動 累積,積聚
同 cumulate, gather 反 dissipate	◀ He has successfully accumulated a fortune to own a company.	他已成功累積一筆錢來開自己的公司。

記憶心法	ac表「加強」,cumulate表「累積」,合起來是「累積,積聚」的意思。

◀ **accurate** 回 exact, precise 反 careless, inaccurate	a. [ˈækjərɪt] ◀ What he predicted was proved accurate later.	形 準確的，精確的 他的預言後來都被證明是準確無誤的。

記憶心法 ac表示「對」，cur表示「關心」，ate表示「充滿⋯的」，合起來是「對某事極為關注細心的」，因此便有「準確的、精確的」之意。

◀ **activism**	n. [ˈæktəvɪzəm] ◀ The president paid too much attention to activism.	名 激進主義，行動主義 總統過分注重激進主義了。

記憶心法 act表「行動」，ivism表「⋯主義」，合起來便是「行動主義」的意思。

◀ **addict** 回 habituate, devote to 反 alienate, detach	v. [əˈdɪkt] ◀ The young man is addicted to drugs.	動 使⋯耽溺，使⋯上癮 這個年輕人沈迷於毒品。

記憶心法 ad表示「到」，dict表「說」，合起來表「對⋯表示贊成或縱情於」，因此addict便有「使⋯耽溺，使⋯上癮」之意。

◀ **adjacent** 回 nearby, adjoining 反 remote	a. [əˈdʒesənt] ◀ My apartment is adjacent to a supermarket.	形 毗連的，鄰近的，接近的 我的公寓緊鄰在一家超市旁。

記憶心法 ad表「在」，jac表「位於」，ent是形容詞字尾，合併起來是「位於附近的」，便有「毗連的，鄰近的，接近的」之意。

| ◀ administration | n. [əd͵mɪnə'streʃən] | 名 經營,管理,行政 |
| 同 government, cabinet | ◀ The company becomes more efficient under his administration. | 公司在他的管理下,變得更有效率。 |

| 記憶心法 | 動詞administrate意為「管理,支配」,加ion變為名詞,即有「經營,管理,行政,行政機關」的意思。 |

◀ admit	v. [əd'mɪt]	動 承認,允許入內,容許有
同 acknowledge	◀ He admitted having told a lie.	他承認撒謊了。
反 exclude, forbid		

| 記憶心法 | ad表「一再」,mit可聯想emit表「發散,放出」,合起來是「一再放出來」,因此便有「容許」的意思。 |

03 MP3 第一週第二天 (Week 1 — Day 2)

單字・同反義字	音標・例句	字義・中譯
◀ advance	v. [əd'væns]	動 促進,提高,提出,前進
同 promote, progress	◀ To advance the company's interest, the manager took a new policy.	為了提高公司的利潤,經理採取了一項新的政策。
反 postpone, recede		
同 improvement	n. [əd'væns]	名 發展,前進,增長
反 retreat	◀ There have been great advances in science and technology recently.	近來,科技發展很大。

| 記憶心法 | advanc表「前進,高,升」,加e變為advance,即有「促進,提高,前進」的意思。 |

◀ **adversity**
回 affliction, disaster
反 prosperity

n. [ədˈvɝsətɪ]
◀ You will know who your genuine friend is in time of adversity.

名 不幸，災禍，逆境
在逆境的時候，你就會知道誰是你真正的朋友。

記憶心法 adversity是形容詞adverse（逆，反對的，不利的）的名詞形式，ity是名詞字尾，合併起來，便有「逆境，災難，不幸」之意。

◀ **advertisement**
回 announcement

n. [ˌædvɚˈtaɪzmənt]
◀ She never believes in advertisement.

名 廣告，做廣告，登廣告
她從來不相信廣告。

記憶心法 動詞advertise加上名詞字尾ment，得advertisement，即是「廣告，做廣告，登廣告」的意思。

◀ **aerospace**
回 air

n. [ˈɛrəˌspes]
◀ The aerospace industry has improved a lot in that country.

名 航空，宇宙
那個國家的航空業進步很大。

記憶心法 aero表「飛機的，航空的」，space意為「宇宙」，合起來即是「航空，宇宙」的意思。

◀ **affidavit**

n. [ˌæfəˈdevɪt]
◀ The judge is taking an affidavit.

名 宣誓書，口供書
法官正在提取口供。

記憶心法 af表示加強意義，fid表「相信，信任」，合併起來，構成「使人相信的東西」，即是「宣誓書」。

◀ affluent

同 abundant, ample
反 poor

a. [ˈæfluənt]

◀ The man is affluent but miserly.

形 富裕的，豐富的，富饒的

這個人雖然富有，但卻很小氣。

記憶心法　af表「一再」，flu表「流動」，ent作形容詞字尾，合起來是「流入的」。源源不斷地流入，自然會富裕，因此affluent便有「富裕的」之意。

◀ affordable

a. [əˈfɔrdəbl̩]

◀ The company decided to penetrate the local market with a new affordable product.

形 負擔得起的

這家公司決定利用一個大眾能負擔得起的新產品打入當地市場。

記憶心法　afford表「負擔」，able表「能被…的，可被…的」，合起來即是「負擔得起的」之意。

◀ aftershock

n. [ˈæftɚˌʃɑk]

◀ The industry continued to reel from the aftershocks of a disastrous year.

名 餘震，餘悸

企業依舊承受災難年的餘波震盪而搖擺不定。

記憶心法　after意為「在…後」，shock意為「震動」，合起來即有「餘震」之意。

◀ agent

同 factor, broker
反 customer, master

n. [ˈedʒənt]

◀ I want to call my agent first.

名 代理人，代理商，起因

我想先給我的代理人打個電話。

記憶心法　ag表「做」，ent表「動作者」，合起來是「做某事的人」，因此便有「代理人，代理商」之意。

◀ aggressive

回 combative, energetic
反 defensive

a. [ə'grɛsɪv]
◀ You must be aggressive if you want to run a company of your own.

形 侵略的，好鬥的，有進取精神的

如果你想自己開公司，你必須有進取精神。

> 記憶心法 ag表示「一再」，gress表示「走」，ive作形容詞字尾，合起來是「一再走」，因此便有「進取的」之意。

◀ agony column

n. ['ægənɪ]['kɑləm]
◀ He put an advertisement on the agony column to look for his dog.

名 (報刊) 人事廣告欄

為了尋找他的狗，他在人事廣告欄上刊登了廣告。

> 記憶心法 agony表「痛苦」，column表「報紙上的欄」，報紙上能帶給人痛苦的專欄（如尋人、尋物、離婚等啓事），因此agony column便是「人事廣告欄」之意。

◀ aid

回 help, assistance
反 disturb, hinder

v. [ed]
◀ She refused others to aid her in work.

動 說明，救助，有助於

她拒絕其他人幫助她的工作。

回 help, remedy, service
反 obstruct

n. [ed]
◀ Aid to the poor region is little more than a drop in the ocean right now.

名 說明，救助，幫助者

目前，對貧困地區的援助只是杯水車薪。

> 記憶心法 aid比help正式，可用於很緊急、危難的情況，暗示被助者是弱者。

◀ **allege** 回 declare, state	v. [əˈlɛdʒ] ◀ The suspect alleged he was in a bar on the night of the crime.	動（無充分證據而）斷言、宣稱、提出 嫌疑犯宣稱案發當晚，他在一家酒吧裡。

記憶心法	al表示「一再」，lege表示「講，讀」，合併起來是「一再講」，即有「宣稱」的意思。

◀ **allergy** 回 hypersensitivity, vulnerability	n. [ˈælɚdʒɪ] ◀ He has an allergy to wine.	名 過敏症，厭惡，反感 他對酒過敏。

記憶心法	由動詞allege變來，y是名詞字尾，表「…的行為，…的狀況或性質」，合起來是「經常沒有充分證據就隨便斷言」，證明此人過度敏感，因此便有「過敏症」之意。

◀ **alliance** 回 agreement, contract	n. [əˈlaɪəns] ◀ The three countries made an alliance against their common enemy.	名 結盟，同盟，聯姻，類同 這三個國家結盟對付他們共同的敵人。

記憶心法	來自動詞ally，意為「結盟，聯合」，ance是名詞字尾，表「該行為之性質或狀態」，因此合起來便有「結盟，同盟，聯姻」之意。

04
MP3

第一週第三天 （Week 1 — Day 3）

單字・同反義字	音標・例句	字義・中譯
◀ **allocation** 回 delivery, contingent	n. [ˌæləˈkeʃən] ◀ The company has spent their entire allocation for the year.	名 分派，分配，分配額 公司已經把今年撥給他們的全部經費花光了。

記憶心法　al表「向」，loc表「地方」，ate是動詞字尾，合起來是「往某地送東西」，因此allocate便有「配給，分配，分派」之意。再加ion變為名詞，即是「分派，分配，分配額」的意思。

◀ **alter** 回 diversify, change 反 preserve	v. [ˈɔltɚ] ◀ He has altered a lot during these years.	動 改變，修改 這幾年他改變了很多。

記憶心法　alter本身是一個字首，意為「改變」，可同時記憶名詞的alterability（可變更性），形容詞的alterable（可改變的）等。

◀ **amateur** 回 non-professional 反 professional	a. [ˈæməˌtʃʊr] ◀ He is an amateur athlete.	形 業餘的，外行的，不熟練的 他是一位業餘運動員。
回 dilettante, dabbler 反 expert, professional	n. [ˈæməˌtʃʊr] ◀ It is unfair to put the expert and the amateur in the same team.	名 業餘從事者，外行，愛好者 把專家和業餘愛好者放在一組是不公平的。

記憶心法	amat = amor，表「愛，情愛」，eur表「人」，合起來是「愛好的人」，因此便有「業餘愛好者」之意。	

| ◀ **ambulance** | n. ['æmbjələns]
 ◀ The injured was taken to the hospital by an ambulance. | 名救護車
 傷者已被救護車送往醫院。 |

記憶心法	ambulance是由am + bulance構成，bulance與balance（平衡）的拼寫相近。	

| ◀ **amount**
 回 total, number, add up | v. [ə'maʊnt]
 ◀ The total cost amounted to 5,000 dollars. | 動合計，共計，相當於
 花費合計五千美元。 |
| 回 sum, quantity | n. [ə'maʊnt]
 ◀ A large amount of her money was spent on clothes. | 名總數，總額，數量
 她花很多錢買衣服。 |

記憶心法	a在此為加強語氣的作用，mount是名詞「山」之意。聯想：一直在數山的數目就是「計…的總數」，延伸為「總數、數量」之意。	

| ◀ **anchor**
 回 attach, fasten, fix | v. ['æŋkə]
 ◀ The ship anchored off Taiwan. | 動拋錨泊船，（使）固定
 那艘船在台灣外海下錨停泊。 |

	n. [ˈæŋkɚ]	名 錨，錨狀物，靠山
	◀ The belief he would succeed eventually was an anchor to him in difficulty.	他最終會成功的信念是他在困難時期的精神支柱。

記憶心法 anchor諧音為「安客」。而怎樣才能使客人安心呢？那就是當船安全靠岸拋錨的時候，所以可得anchor意為「拋錨泊船」。

◀ **animated** 同 ablaze, active, alive 反 dull	a. [ˈænəˌmetɪd]	形 栩栩如生的，活躍的，熱烈的
	◀ He participated in their animated discussion.	他加入到他們熱烈的討論當中。

記憶心法 anim表「生命，精神」，ate是動詞字尾，合起來animate就是「賦予生命，使有生氣」的意思。加d變為形容詞，意為「栩栩如生的，活躍的，熱烈的」。

◀ **annoy** 同 disturb, irritate 反 comfort, gratify	v. [əˈnɔɪ]	動 使（某人）不悅，打擾，騷擾（某人）
	◀ Stop annoying your father when he is working.	當爸爸在工作時，不要打擾他。

記憶心法 a (an) = not，noy是納（感覺噪度的單位），聯想：沒有進行噪音測試的住所或環境居住起來使人苦惱、深感騷擾，因此annoy是「使苦惱、騷擾」之意。

◀ **antibiotic**	n. [ˌæntɪbaɪˈɑtɪk]	名 抗生素
	◀ He didn't know antibiotic can be used against infection.	他不知道抗生素可以對抗傳染。

記憶心法 anti表示「反對，反抗」，bio表示「生，生物」，c作名詞字尾，合併起來，便有「抗生素」之意。

◀ **antitrust**	a. [ˌæntɪˈtrʌst]	形 反壟斷的，反托辣斯的
回 antimonopoly	◀ The antitrust laws have been passed.	反壟斷法已經被通過。

記憶心法	anti表「反」，能與名詞結合，構成相應的形容詞，trust有「企業聯合」的意思，合起來antitrus便是「反壟斷的」之意。

◀ **apologetic**	a. [əˌpɑləˈdʒɛtɪk]	形 道歉的，認錯的，愧悔的，辯解的
回 excusatory	◀ The manager was apologetic for serving a wrong dish.	經理為上錯了菜而道歉。

記憶心法	apologetic是動詞apologize（道歉）的形容詞形式。

◀ **apology**	n. [əˈpɑlədʒɪ]	名 道歉，賠罪，辯解，辯護
回 apologia, excuse 反 condemnation, impenitence	◀ I owe you an apology for absence for your party last week.	上週我沒參加你的晚會，我向你道歉。

記憶心法	apology是動詞apologize（道歉）的名詞形式。

◀ **apparel**	v. [əˈpærəl]	動 給…穿衣服（尤指華麗或特殊的服裝）
回 dress, clothe, garb	◀ A gorgeously appareled person looked for you just now.	剛剛有位衣著華麗的人來找你。
回 dress, clothes	n. [əˈpærəl] ◀ Her wedding apparel is very beautiful.	名 衣服，服裝，衣著 她的結婚禮服非常漂亮。

記憶心法	appar表「出現」，加el，合起來是「穿出來的東西」，因此便有「衣服，服裝，衣著」之意。	

◀ **application** ◉ utilization, demand 🔁 command	n. [ˌæpləˈkeʃən] ◀ The company received 300 applications for the job.	名 運用，申請，申請表 該公司收到了三百個這份工作的申請表。

記憶心法	application是apply的名詞形式。apply表示「應用，申請」，ation是名詞字尾，因此application便有「應用，申請表」之意。	

◀ **appraise** ◉ measure, evaluate	v. [əˈprez] ◀ He asked an expert to appraise the house before buying it.	動 估計，估價，評價 他買房子之前，請專家估了價。

記憶心法	ap表「向，對」，praise表「價值，讚揚」，合起來是「對某物做出價值評價」，即是「評價，估價」的意思。	

◀ **apprehend** ◉ arrest, understand	v. [ˌæprɪˈhɛnd] ◀ She doesn't apprehend the real meaning of beauty.	動 逮捕，擔憂，理解，瞭解 她不瞭解美麗的真實含義。

記憶心法	ap表「向，對」，prehend表「抓住」，合起來是「抓住什麼東西」，即是「逮捕，理解，瞭解」之意。	

05 MP3　第一週第四天 (Week 1 — Day 4)

單字·同反義字	音標·例句	字義·中譯
◀ **arraignment** 回 accusation	n. [əˈrenmənt] ◀ In response to arraignment, the accused was supposed to enter a plea.	名 提訊，傳問，責難 為回應提訊，被告應該提出訴訟。
記憶心法 arraignment來自動詞arraign，arraign意為「傳訊，提訊，責難」，加ment變為名詞，也就是「提訊，傳問，責難」的意思。		
◀ **arson** 回 fire-raising	n. [ˈɑrsn̩] ◀ The man was charged with arson and put into prison.	名 縱火，放火 那個人被控縱火並被關進了監獄。
記憶心法 ars表示「熱」，加on，合起來就是「放火」的意思。		
◀ **artificial** 回 fake, synthetic 反 genuine, natural	a. [ˌɑrtəˈfɪʃəl] ◀ People could not bear her artificial smile.	形 人工的，人造的，假的 人們無法忍受她的假笑。
記憶心法 arti表「人工」，fic表「做」，ial表「具有…性質的」，合起來是「人工製作的」，因此有「人工的，人造的」之意。		
◀ **assailant** 回 attacker, aggressor, assaulter	n. [əˈselənt] ◀ He forgot what his assailant looked like.	名 攻擊者，襲擊者 他忘了襲擊者長什麼樣。

記憶心法 assailant是由assail + ant構成，assail是動詞，意為「抨擊，猛攻」，ant是名詞字尾，表「…人」，合起來便是「攻擊者，襲擊者」之意。

◀ assassinate
回 butcher, kill, murder

v. [əˈsæsɪnˌet]
◀ Their plan to assassinate the president failed.

動 暗殺，詆毀，破壞
他們暗殺總統的計畫失敗了。

記憶心法 assassin是名詞，意為「刺客，誹謗者」，加動詞字尾ate，合起來即是「暗殺，詆毀」之意。

◀ assemble
回 accumulate, collect, gather
反 dismiss, dissolve

v. [əˈsɛmbl]
◀ The solider assembled in the square.

動 集合，召集，聚集，配裝
士兵們在廣場集合。

記憶心法 as表「走向」，sembl表「類似，相同」，e為動詞字尾，合起來是「走向相同的地方」，因此有「集合，召集，聚集」之意。

◀ assert
回 affirm, allege, claim

v. [əˈsɝt]
◀ The wife asserted her husband was innocent.

動 斷言，聲稱，維護，堅持
妻子聲稱她丈夫是無辜的。

記憶心法 as表示「到」，sert表示「參與」，合併起來構成「一再參與討論」，由此得出「斷言、聲稱、維護」之意。

◀ asset
回 estate, property

n. [ˈæsɛt]
◀ The company has assets of over 6 million dollars.

名 財產，資產，才能，有利條件
這家公司有六百萬美元以上的資產。

記憶心法	發音：asset音似「愛財的」，作名詞，便有「財產」之意。	

| ◀ **assimilate**
 同 absorb, digest
 反 dissimilate | v. [əˈsɪml̩‚et]
 ◀ This kind of food is assimilated easily. | 動 同化，吸收
 這種食物很容易吸收。 |

記憶心法	as表示「到」，simil表示「相同」，ate作動詞字尾，合併起來便有「使相同，同化」之意。	

| ◀ **asthma** | n. [ˈæzmə]
 ◀ The mother was deeply concerned about her daughter's asthma. | 名 哮喘症，氣喘
 母親為女兒患有哮喘症而憂心忡忡。 |

記憶心法	按發音分割記憶：as-th-ma，中間的th不發音。	

| ◀ **astronomer**
 同 stargazer | n. [əˈstrɑnəmɚ]
 ◀ His grandpa is a famous astronomer. | 名 天文學家
 他爺爺是個著名的天文學家。 |

記憶心法	astronomer是由astronomy變來。astronomy：astro表「星，宇宙」，nomy表「…學，…法」，合起來就是「天文學」。	

| ◀ **atomic**
 同 nuclear | a. [əˈtɑmɪk]
 ◀ Since the advent of atomic power, the world has changed greatly. | 形 原子的，核能的，核武器的
 自從原子動力問世以來，世界發生了很大的變化。 |

◀ **attain**
回 accomplish, achieve
反 fail

v. [ə'ten]

◀ She works hard to attain her aim.

動 達到，獲得
她努力工作，以達到她的目標。

◀ **attentive**
回 respectful, awake
反 inattentive, careless

a. [ə'tentɪv]

◀ The professor is attentive to the students.

形 注意的，有禮貌的，關心的
這位教授對學生們很關心。

◀ **attribute**
回 impute, ascribe

v. [ə'trɪbjut]

◀ He attributes his success to his wife's encouragement and his own hard working.

動 歸因於，歸屬於
他把他成功的原因歸於他妻子的鼓勵和他自己的努力。

回 characteristic, quality

n. ['ætrə,bjut]

◀ What is the attribute of America?

名 屬性，特徵，標誌，象徵
美國的象徵是什麼？

audit	v. ['ɔdɪt]	動審核，查帳，旁聽
回 check, inspect	◀ The manager thought it was necessary to audit the books.	經理認為檢查帳目是有必要的。
回 accounting, check	n. ['ɔdɪt] ◀ The company's yearly audit takes place in December.	名審計，查帳 該公司的年度審計在十二月份進行。

記憶 心法	audit本身是，表「聽」，可延伸其意思為「旁聽」。

06 MP3　第一週第五天 (Week 1 — Day 5)

單字・同反義字	音標・例句	字義・中譯
◀ **authentic** 回 reliable, genuine, real 反 false, fictitious	a. [ɔ'θɛntɪk] ◀ This is an authentic painting, not a copy.	形可信的，可靠的，真的 這幅畫是原作，不是複製品。

記憶 心法	authentic是由authent + ic構成，authent與author拼寫接近，author意為「作者」，ic是形容詞字尾，合起來是「作者的」，作者自己寫的東西，他自然知道哪些是真。依此，可記authentic有「可信的，可靠的」之意。

◀ **authoritative** 回 commanding, powerful 反 questionable	a. [ə'θɔrəˌtetɪv] ◀ Would you please do not speak in an authoritative tone?	形權威性的，可信賴的，官方的，當局的 你可不可以不用命令的口氣說話？

記憶 心法	authoritative是由authority變來。authority是名詞，意為「權威，官方」，ative是形容詞字尾，因此authoritative有「權威性的，官方的」的意思。

◀ **available**

回 handy, convenient
反 unavailable

a. [ə'veləbl]

◀ We will call you when the book is available.

形 可利用的，通用的，有空的

那本書一到我們就打電話給你。

記憶心法　avail表示「效用」，able是形容詞字尾，表示「提供…的」，合併起來便有「有用的，可利用的」之意。

◀ **avert**

回 prevent, prohibit

v. [ə'vɜt]

◀ She averted her eyes from the bloody sight.

動 避免，防止，避開

她避開不看這血腥的場面。

記憶心法　a表「離開」，vert表「轉，旋」，合起來是「轉移離開」，因此avert具有「避免，防止，避開」的意思。

◀ **backward**

回 reversed, opposite
反 forward, ahead

a. ['bækwəd]

◀ He thinks developed countries should help backward ones.

形 向後的，落後的，畏縮的

他認為發達國家應該幫助落後的國家。

回 rearward
反 forward, ahead

ad.['bækwəd]

◀ The old man looked backward over his shoulder but found nothing.

副 向後地，在退步

老人回頭向後看，但什麼也沒發現。

記憶心法　back意為「後面的」，ward是形容詞或副詞字尾，表「朝…的（地）」，合起來即有「向後的，向後地」之意。

◀ **balance**

回 equalize, stabilize
反 unbalance

v. ['bæləns]

◀ You have to balance the advantages of hiring the youth against the disadvantages.

動 使平衡，權衡，均衡，相等

你必須權衡僱用年輕人的利與弊。

同 scale 反 unbalance	n. [ˈbæləns] ◀ He lost his balance and fell.	名 平衡，均衡，餘額 他失去平衡，摔了一跤。

記憶心法 ba表「二，兩」，lanc表「盤子」，合起來是「兩端的秤盤相等」，因此 balance具有「使平衡」的意思。

◀ **ban** 同 bar, forbid 反 consent, permit	v. [bæn] ◀ Smoking is banned in the lift.	動 禁止，取締 電梯裡禁止吸菸。

同 forbiddance 反 approval, permission	n. [bæn] ◀ The police have put a ban on gambling.	名 禁止，禁令 警方頒布了禁賭令。

記憶心法 發音記憶：ban音似「頒」→（頒布）「禁令」，因此ban便有「禁令」之意。

◀ **bandwagon**	n. [ˈbændˌwægən] ◀ He joined in the reform bandwagon.	名 樂隊車，得勢派，浪潮，時尚 他投身到改革的浪潮中去。

記憶心法 band意為「樂隊」，wagon意為「運貨馬車，旅行車」，合起來便有「樂隊車」之意。

◀ **banker**	n. [ˈbæŋkɚ] ◀ The greedy banker refused to lend money to the poor people.	名 銀行家，銀行業者，（賭博的）莊家 貪婪的銀行家拒絕貸款給窮人。

| 記憶心法 | bank意為「銀行」，er是名詞字尾，表「…人」，因此合起來便有「銀行家，銀行業者」之意。 |

◀ **bankruptcy**
▣ failure

n. [ˈbæŋkrəptsɪ]
◀ The company of bankruptcy surprised the whole country.

名 破產，倒閉，徹底失敗
該公司的破產震驚了全國。

| 記憶心法 | bank表「銀行，倉庫」，rupt表「斷裂」，cy表「狀態」，合起來是「金庫耗盡的狀態」，因此bankruptcy具有「破產，倒閉」的意思。 |

◀ **bargain**
▣ dicker

v. [ˈbargɪn]
◀ It is impossible to totally refuse to bargain over the price.

動 討價還價，成交
完全拒絕討價還價是不可能的。

▣ deal

n. [ˈbargɪn]
◀ These clothes are real bargain at such low price.

名 交易，買賣，物美價廉的東西
這些鞋子如此便宜，真是物美價廉的束西。

| 記憶心法 | bar意為「酒吧」，gain意為「獲得」，想在酒吧裡獲得便宜的束西，就必須討價還價。依此可記bargain有「討價還價」的意思。 |

◀ **barter**
▣ trade, deal, swap

v. [ˈbartɚ]
◀ The man will never barter for money with dignity.

動 以（等價物或勞務）作為交換
這個人決不會拿尊嚴來交換錢財。

| 記憶心法 | barter諧音為「巴特」，巴特是位將軍，他不僅會打仗，而且很會做生意，依此聯想記憶，即可得barter是「以（等價物或勞務）作為交換，拿…進行易貨貿易」的意思。 |

◀ **base** 回 establish, ground	v. [bes] ◀ This film is based on a true story.	動 以…為基礎,以…為起點 這部電影以真實的故事為基礎。
回 bottom, foundation 反 peak, top	n. [bes] ◀ There is a naval base in this area.	名 基地,總部,基礎 在這個地區有個海軍基地。
回 basal, dishonorable 反 noble, virtuous	a. [bes] ◀ She never feels embarrassed with her base job.	形 基本的,卑微的 她從來不為她那卑微的工作感到難堪。

| 記憶
心法 | bas表「底」,e可為名詞字尾、動詞字尾或形容詞字尾,因此base具有「基地,以…為基礎,基本的」等意思。 |

| ◀ **beforehand**
回 ahead, in advance
反 afterward | ad.[bɪˈforˌhænd]
◀ You had better get everything ready beforehand. | 副 預先,事先,提前地
你最好事先把什麼事都準備好。 |
| 回 advance | a. [bɪˈforˌhænd]
◀ Being beforehand with the enemy is very important. | 形 預先準備好的,提前的
先發制人是很重要的。 |

| 記憶
心法 | before表示「在…之前」,hand在這作副詞字尾,合併起來,便有「提前地,超前地」之意。 |

| ◀ **beguile**
回 deceive, cheat, trick | v. [bɪˈgaɪl]
◀ He beguiled me into going shopping with him. | 動 欺騙，使陶醉，使著迷
他騙我與他一起去購物。 |

記憶心法 be表「使」，guile意為「奸詐，狡猾」，合起來便有「欺騙」之意。

| ◀ **belittle**
回 minimize, denigrate, derogate | v. [bɪˈlɪtl]
◀ People who lose confidence always belittle themselves. | 動 輕視，貶低
那些沒有自信心的人常常貶低自己。 |

記憶心法 be表「使」，little意為「小」，合起來是「使…小」，因此便有「輕視，貶低」的意思。

輕鬆一下 Let's take a break

Actions speak louder than words.
行動比語言更響亮。

Lifeless, faultless.
只有死人才不犯錯誤。

From small beginning come great things.
偉大始於渺小。

第二週第一天 (Week 2 — Day 1)

07 MP3

單字・同反義字	音標・例句	字義・中譯
◀ **beneficial** 同 helpful, favorable 反 fruitless, useless	a. [ˌbɛnəˈfɪʃəl] ◀ Swimming in the winter is beneficial to our health.	形 有益的，有利的，有說明的 冬天游泳有益健康。
記憶心法	benefit表示「利益，受益」，ial表示「…的」，合併起來便有「有益的，有利的」之意。	
◀ **beset** 同 plague, molest 反 release	v. [bɪˈsɛt] ◀ The company was beset with many difficulties.	動 困擾，使苦惱，圍攻，包圍住 公司被許多困難所困擾。
記憶心法	be表「四周」，set意為「設置」，合起來是「設置於四周」，因此便有「困擾，使苦惱，圍攻，包圍住」之意。	
◀ **bilateral** 同 two-sided 反 unilateral	a. [baɪˈlætərəl] ◀ They have signed a bilateral contract.	形 有兩面的，雙邊的 他們已經簽定了雙邊合約。
記憶心法	bi表示「二」，lateral表示「側面的」，合併起來便有「兩面的，雙邊的」之意。	
◀ **binocular**	a. [bɪˈnɑkjələ] ◀ This binocular microscope was made in America.	形 雙目的 這台雙目顯微鏡是美國製造的。

記憶心法	bin表示「二」，ocul表「眼」，ar是形容詞字尾，因此合起來是「兩隻眼睛的」，引身為「雙目的」之意。

◄ **biohazard**	n. ['baɪoˈhæzəd] ◄ The problem of biohazard has aroused the institution's attention.	名 生物危害 生物危害問題已經引起了該機構的注意。

記憶心法	bio表「生命，生物」，hazard意為「危險，危害」，因此合起來即是「生物危害」的意思。

◄ **biosphere**	n. ['baɪəˌsfɪr] ◄ The term "Biosphere" was coined by a Russian scientist in 1929.	名 生物圈 術語「生物圈」是由一個俄國科學家於1929年提出的。

記憶心法	bio表「生命，生物」，sphere表「圈」，合起來即是「生物圈」的意思。

◄ **birthrate** 回 fertility, fertility rate	n. ['bɝθˌret] ◄ The birthrate in India has been increasing	名 出生率 印度的出生率一直在持續上升。

記憶心法	birth意為「出生」，rate意為「比率」，合起來即是「出生率」的意思。

◄ **blackmail** 回 blackjack	v. ['blækˌmel] ◄ It is impossible to blackmail him out of the country's secret information.	動 敲詐，勒索，脅迫 想脅迫他交出國家的機密資訊是不可能的。

回 exaction	n. [ˈblækˌmel]　◀ He was put into jail for practicing blackmail.	名 敲詐，勒索，敲詐所得的錢財　他因敲詐而進了監獄。

記憶心法 black意為「黑色的」，mail是「信件」，別人寄黑信過來自然不是什麼好事，而是有意敲詐、勒索，所以blackmail可作動詞和名詞，意思為「敲詐，勒索，脅迫」。

◀ **blast**　回 blare, smash	v. [ˈblæst]　◀ Yesterday's frost blasted all the flowers in her yard.	動 爆炸，吹奏，使枯萎，損壞　昨天的霜使她家院子裡的所有花都凋謝了。
回 burst, explosion	n. [ˈblæst]　◀ The bomb blast killed several passersby in the street.	名 爆炸，吹奏，嚴厲批評　炸彈爆炸造成幾個路人喪命。

記憶心法 與blast拼寫相近的單字是last，意為「持續」，前面加個b即是blast。

◀ **blood**　回 lineage, line, descent	v. [blʌd]　◀ She's just being blooded, so you should forgive her making such a mistake.	動 從…抽血，使初嘗經驗　她初出茅廬，你應該原諒她犯了這個錯誤。
	n. [blʌd]　◀ He donated blood last week.	名 血液，血統關係，血氣　他上個星期捐血。

記憶心法 血滴出來，就是一滴一滴，像blood中間兩個 "o" 的形狀。依此可記blood的拼寫。		

◀ **bogus** 回 deceptive, assumed 反 real	a. [ˈbogəs] ◀ The police found the company used a bogus export permit.	形 偽造的，假貨的 警方發現這家公司使用偽造的出口許可證。

記憶心法 來自一種叫 "Bogus" 的機器，用來造偽鈔。		

◀ **bond** 回 alliance, shackle	n. [bɑnd] ◀ Common interests formed a bond between the two companies.	名 結合，債券，束縛 共同的利益使這兩家公司結合在一起。

記憶心法 bond諧音為「龐德」，是有名的間諜，每次都能擺脫敵人的圈套和束縛，是因為他與高科技結合在一起。依此聯想記憶，即可記住bond的讀音和意思。		

◀ **boom** 回 flourish, thrive 反 slump	v. [bum] ◀ The government hopes foreign investments can boom the country.	動 (發出) 隆隆聲，繁榮 政府希望國外投資能使國家繁榮起來。
回 roar, roaring, thunder 反 slump	n. [bum] ◀ The tourist industry is enjoying a boom.	名 隆隆聲，澎湃聲，景氣，繁榮 旅遊業正欣欣向榮。

記憶心法 boom與room的拼寫接近。boom的發音就像是隆隆或哄哄的聲音。		

單字・同反義字	音標・例句	字義・中譯
◀ **bootleg** 回 smuggle	v. [ˈbutlɛg] ◀ His father used to bootleg cigarettes.	動 非法攜帶（或製造、販賣） 他爸爸曾經非法販賣香煙。
	n. [ˈbutlɛg] ◀ He was arrested for hiding bootleg.	名 靴筒，私貨（尤指私酒） 他因隱藏私酒而被捕。

> **記憶心法** boot意為「靴子」，leg意為「腿」，合起來即是「靴筒，長靴上部」之意。聯想：偷偷把東西放在靴筒裡帶走，即是「非法攜帶」。

單字・同反義字	音標・例句	字義・中譯
◀ **borrowing** 回 adoption	n. [ˈbɑroɪŋ] ◀ Japanese has many borrowings from English.	名 借，借用之事物（如語言等） 日語中有許多詞是從英語借來的。

> **記憶心法** 動詞borrow加ing，即變成名詞，是「借，借用，借用之事物（如語言等）」的意思。

🔊 **08** MP3　　第二週第二天 (Week 2 — Day 2)

單字・同反義字	音標・例句	字義・中譯
◀ **bounce** 回 spring, bound	v. [bauns] ◀ Little boys like bouncing up and down on beds.	動 反跳，彈起，（使）跳起 小男孩喜歡在床上蹦蹦跳跳。
回 leap, spring	n. [bauns] ◀ The old man is still full of bounce.	名 彈，跳，彈性，活力 這個老人依舊精力充沛。

記憶心法	bounce諧音為「棒死」，可設想此情景，一個跳高運動員在比賽中bounce（跳）得很好，打破了紀錄，觀眾都一起喊「棒死了，棒死了」。

◀ **boundary** 回 edge, limit, bound	n. ['baʊndrɪ] ◀ The road is the boundary between the two towns.	名 邊界，分界線，界限，範圍 這條路是這兩個小鎮的分界線。

記憶心法	bound可作名詞，意為「邊界，領域，界限，範圍」，ary是名詞字尾，意為「與…有關的物，…的場所」，因此合起來便有「邊界，分界線，界限，範圍」之意。

◀ **boycott** 回 ban, blackball, revolt	v. ['bɔɪˌkɑt] ◀ They boycott productions from that country.	動 聯合抵制，拒絕參加或購買等 他們拒絕購買來自那個國家的商品。
	n. ['bɔɪˌkɑt] ◀ They enforced boycotts on trade with businessman in that region.	名 聯合抵制，拒絕參加 他們拒絕與該地區的商人做生意。

記憶心法	boycott的動詞三態為：boycott; boycotted; boycotted。

◀ **brand** 回 stigmatize, mark	v. [brænd] ◀ These happy experiences are branded on her memory.	動 在…上打烙印（標記），銘記，銘刻 這些快樂的經歷深深印入她的記憶。

回 trade name	n. [brænd] ◀ Which brand of perfume does she prefer?	名 商標,牌子,烙印 她喜歡用什麼牌子的香水?
記憶心法 brand與band（樂隊）的拼寫接近。		
◀ **breakup** 回 dissolution, separation, 反 unity	n. [′brek′ʌp] ◀ He was surprised by the breakup of his parents' marriage.	名 中斷,分離,分裂,崩潰,解體 父母婚姻的破裂使他很震驚。
記憶心法 來自動詞片語break up,意為「破碎,破壞,解散,結束,衰弱」之意。		
◀ **bribe** 回 buy off, graft	v. [braɪb] ◀ He successfully bribed the official with money.	動 向…行賄,行賄,收買 他成功地用錢收買了那個官員。
回 payoff	n. [braɪb] ◀ She is the last person in the world to accept bribe.	名 賄賂,行賄物,誘餌 她是世上最不可能接受賄賂的人。
記憶心法 bribe可與形似字bride（新娘）一起聯想記憶：bride買很多禮物bribe她的公婆。		

◀ **broadcast** 回 air, send, beam 反 conceal	v. [ˈbrɔdˌkæst] ◀ The VOA broadcasts all over the world.	動 廣播，播送，廣為散播，傳佈 《美國之聲》向全世界播送節目。
回 program	n. [ˈbrɔdˌkæst] ◀ She listens to this music broadcast every day.	名 廣播，廣播節目 她每天都聽這個音樂廣播節目。

記憶心法 broad意為「寬闊的」，cast意為「投射」，合起來是「廣泛地投射、傳送某物」，因此便有「廣播，播送」之意。

◀ **bruise** 回 hurt, wound, injure	v. [bruz] ◀ The little girl fell from her bike and bruised her arms.	動 碰傷，使青腫 小女孩從自行車上摔下來，擦傷了手臂。
回 contusion 反 pleasure	n. [bruz] ◀ There is a bruise in his leg.	名 傷痕，青腫，碰傷，擦傷，挫傷 他腿上有一處傷痕。

記憶心法 bruise可與音似字Bruce（布魯斯）一起聯想記憶：好萊塢動作片影星Bruce威利全身都是bruise。

◀ **budget** 回 ration, allowance	n. [ˈbʌdʒɪt] ◀ He could keep his monthly budget below $800.	名 預算，預算費，生活費，經費 他能把每個月的生活費控制在八百元以下。

記憶心法	bud表示「花蕾」，get表示「得到」，合併起來構成「得到花蕾」。聯想：要「得到花蕾」就必須「用錢來買花」，就必須事先「作個預算」。因此budget便有「預算」之意。		
◀ bully 圓 cow, tease	v. [ˈbʊlɪ] ◀ He was bullied by his classmates.	動 威嚇，脅迫，欺侮 他被他的同學欺負了。	
圓 tough, hooligan, ruffian	n. [ˈbʊlɪ] ◀ He asked the bully to leave the girl alone.	名 恃強欺弱者，惡霸 他讓惡霸離那女孩遠一點。	
記憶心法	bully古意為情人，古時候的人們爭奪情人的時候，往往要決鬥，而決鬥自然是強勝弱敗，所以有「恃強欺弱」的意思，作動詞時，意為「威嚇，脅迫，欺侮」，作名詞時意為「恃強欺弱者，惡霸」。		
◀ bystander 圓 observer, onlooker	n. [ˈbaɪˌstændɚ] ◀ Why all these bystanders did not help?	名 旁觀者 為什麼所有的旁觀者都沒有幫忙？	
記憶心法	來自動詞片語stand by，意為「站在旁邊，在場，袖手旁觀」之意。		
◀ calculate 圓 figure, compute, estimate 反 suppose	v. [ˈkælkjəˌlet] ◀ We can't calculate on his help.	動 計算，推測，打算，計畫 我們不能指望他會幫忙。	
記憶心法	calcul表示「計算」，ate作動詞字尾，合併起來便有「計算」之意。		

◀ candid　回 outspoken, direct,　反 unfair, unjust	a. [ˈkændɪd]　◀ To be candid, I cheated him.	形 公正的，直言的，坦率的　坦白說，我欺騙了他。

記憶心法 cand表示「坦白」，id作形容詞字尾，合併起來，便有「坦白的，直率的」之意。

◀ canny　回 cagey, cagy, clever　反 slow, dull	a. [ˈkænɪ]　◀ He is a canny football player.	形 精明的，機敏的，節儉的　他是個機敏的足球員。

記憶心法 can意為「能」，y是形容詞字尾，合起來是「什麼都能的」，因此便有「精明的，機敏的」之意。

◀ capital gain	ph. [ˈkæpətl̩][gen]　◀ The capital gain rate is 14%.	片 資本盈利（出售資本、資產所得的利潤）　資本盈利率是百分之十四。

記憶心法 capital意為「資本」，gain意為「獲得」，合起來即是「資本盈利（出售資本、資產所得的利潤）」的意思。

◀ capitalize	v. [ˈkæpətl̩͵aɪz]　◀ Those words should be capitalized.	動 以大寫字母寫，使資本化，計算…的現價　這些字母應該大寫。

記憶心法 capital意為「資本」，ize是動詞字尾，合起來即是「使資本化」的意思。

第二週第三天 (Week 2 — Day 3)

單字・同反義字	音標・例句	字義・中譯
◀ **capitulate** 同 surrender, yield	v. [kəˈpɪtʃəˌlet] ◀ He had to capitulate to his father's order.	動 (有條件地) 投降，屈從 他不得不屈從他父親的命令。
記憶心法 capit表「頭」，加ulate，合起來是「低頭」，因此便有「投降，屈從，停止反抗」之意。		
◀ **care** 同 wish, like 反 hate	v. [kɛr] ◀ I won't care if you do not come.	動 關心，介意，願意，喜歡 如果你不來，我不會介意的。
同 attention, aid, tending 反 inattention, neglect, recklessness	n. [kɛr] ◀ Most children are free from care.	名 看護，照料，管理，憂慮小心 大部分孩子是無憂無慮的。
記憶心法 care可與形似字car（車）一起聯想記憶：開car時一定要非常care。		
◀ **careless** 同 heedless, inadvertent 反 attentive, careful	a. [ˈkɛrlɪs] ◀ How could you make such a careless mistake?	形 粗心的，疏忽的，自然的，無憂無慮的 你怎麼可以犯這麼粗心的錯誤？
記憶心法 care是名詞，其意為「小心，謹慎」，形容詞字尾less表「無…的，缺乏…的」，合起來就有「粗心的，疏忽的」之意。		

| ◀ **cash flow** | ph. [kɛʃ][flo]
◀ The company has a cash flow of 500,000 dollars a month. | 片 現金流轉
這家公司的現金流轉為每月50萬美元。 |

記憶心法　cash意為「現金」，flow意為「流動」，合起來就是「現金流轉」的意思。

| ◀ **catalyst**
同 accelerator | n. [ˈkætəlɪst]
◀ It was said he was the catalyst in the revolution. | 名 催化劑，刺激因素
據說他是這場革命的煽動者。 |

記憶心法　cata表「下」，lyst表「分開，分解」，合起來是「起分解作用的東西」，因此便有「催化劑」之意。可引申其意思為「刺激因素」。

| ◀ **catching**
同 contagious, infectious | a. [ˈkætʃɪŋ]
◀ This disease is catching. | 形 傳染性的，迷人的
這種病是有傳染性的。 |

記憶心法　catch有「染上疾病，感染，吸引」的意思，ing是形容詞字尾，合起來就是「傳染性的，迷人的」之意。

| ◀ **causal**
同 occasional | a. [ˈkɔzəl]
◀ His causal agent of the disease remained unknown. | 形 原因的，因果關係的
還不清楚他的病因。 |

記憶心法　來自名詞cause，其意為「原因」，加al變為形容詞，即是「原因的，因果關係的」之意。

◀ celebrate

同 observe, keep
反 lament

v. [ˈsɛləˌbret]

◀ Let us hold a party to celebrate his promotion.

動 慶祝，慶賀，讚美

讓我們開個派對來慶祝他的晉升。

記憶心法：celebr表「著名」，加字尾ate變為動詞，即是「慶祝，讚揚」的意思。

◀ cellular

a. [ˈsɛljʊlɚ]

◀ He told me that the classification of organisms based on cellular structure and function.

形 細胞組成的，劃分的，多孔的

他告訴我生物體的分類是以細胞結構和功能為依據的。

記憶心法：cell表「細胞」，ar是形容詞字尾，合起來即是「細胞組成的」之意。

◀ censure

同 reprimand, criminate
反 praise

v. [ˈsɛnʃɚ]

◀ The official was censured for corruption.

動 責備，譴責

這個官員因腐敗而受到譴責。

同 disapproval, rebuke
反 praise

n. [ˈsɛnʃɚ]

◀ He received a public censure for his mistreatment to his wife.

名 責備，譴責

他因為虐待妻子而受到大眾的譴責。

記憶心法：cent意為「百」，cen後面缺個t，就是沒有一百，sure表「確定」，合起來是「不是百分百地確定」，當一個人不是很確定什麼東西的時候，就會責備、譴責其他人。依此可記censure有「責備、譴責」的意思。

◀ chaos 回 disorder, confusion 反 order, system	n. [ˈkeɑs] ◀ The city was in chaos after the earthquake.	名 混亂，雜亂的一團 地震之後，城市陷入一片混亂。

記憶心法 chaos【拼音】吵死。狀態混亂時，真是吵死了。

◀ characteristic 回 distinctive, particular 反 regular	a. [ˈkærəktəˈrɪstɪk] ◀ It is characteristic of her to tell lies.	形 特有的，獨特的，典型的 說謊是她的本性。
回 character, feature 反 universality	n. [ˈkærəktəˈrɪstɪk] ◀ It is important for a nation to preserve its characteristics.	名 特性，特徵，特色 對國家而言，保持自己的特色是很重要的。

記憶心法 character，表示「人或事物的特點、特徵」，istic作名詞或形容詞字尾，合併起來，便有「有特色的，典型性的，與眾不同的特徵」之意。

◀ charisma 回 mystique, charm	n. [kəˈrɪzmə] ◀ She was deeply impressed by the charisma of the film star.	名 非凡的領導力，魅力 這個電影明星的魅力給她留下了深刻的印象。

記憶心法 charisma是由char + is + ma（媽媽）構成，char可看成是charming（有魅力的），可聯想，真正有魅力的還是自己的媽媽。

◀ **chase** 回 pursue, run after 反 precede	v. [tʃes] ◀ She is a girl chasing material possessions.	動 追逐，追趕，驅逐 她是一個追逐物質財富的女孩。
回 pursuit, following 反 hunt	n. [tʃes] ◀ His chase for fame surprised me.	名 追逐，追擊，追求，打獵 他追逐名利，這使我感到驚訝。

記憶心法　chase與charm（魅力）的拼寫相近。可聯想：男孩子遇到有魅力的女生，自然想去追。依此可記chase有「追逐，追求」的意思。

◀ **chemotherapy**	n. [ˌkɛmoˈθɛrəpɪ] ◀ Chemotherapy drugs can be divided into several categories.	名 化學療法 化學療法藥物可以分成好幾類。

記憶心法　字首chem表「化學的」，therapy意為「治療」，合起來即是「化學療法」的意思。

◀ **chronic** 回 constant, lasting 反 acute	a. [ˈkrɑnɪk] ◀ She has got a chronic disease.	形 長期的，慢性的 她患了一種慢性病。

記憶心法　chron表示「時間」，ic作形容詞字尾，表示「…的」，合併起來，構成「長時間的」，因此便有「長期的，慢性的」之意。

第二週第四天 (Week 2 — Day 4)

10 MP3

單字・同反義字	音標・例句	字義・中譯
◀ **civic** 回 municipal, urban 反 rural	a. [ˈsɪvɪk] ◀ Let us go to the civic center.	形 市民的，公民的，城市的 讓我們去市民中心吧！

記憶心法 civ表示「公民」，ic作形容詞字尾，合起來便有「公民的，市民的」之意。

單字・同反義字	音標・例句	字義・中譯
◀ **civilian** 回 civil, non-military 反 military	a. [sɪˈvɪljən] ◀ It is not easy to return to civilian life after 15 years in the military.	形 平民的，百姓的，民用的 在軍隊待了十五年後，恢復到平民生活不是一件容易的事。
回 non-military person 反 military person	n. [sɪˈvɪljən] ◀ The cruel invaders killed numerous innocent civilians.	名 平民，百姓 殘酷的侵略者殺害了許多無辜的平民。

記憶心法 civ表示「公民」，an可作形容詞字尾，表「有…性質的」，an也可作名詞字尾，表「與…有關的人」，因此合起來civilian便有「平民的，百姓」之意。

單字・同反義字	音標・例句	字義・中譯
◀ **clamp** 回 brace, clasp, fasten	v. [klæmp] ◀ The government clamped down on gambling.	動 鉗緊，夾住，強行實施 政府嚴禁賭博。

| 回 clinch | n. [klæmp]
◀ Where is my clamp? | 名 螺絲鉗，鐵箍，夾鉗
我的夾鉗哪去了？ |

> 記憶心法 clamp是由c + lamp構成，lamp意為「燈，油燈」。

| ◀ **clash**
回 conflict, contradict
反 agree, cooperate | v. [klæʃ]
◀ It's a pity the two parties clash and I didn't want to miss any of them. | 動 衝突，抵觸
真可惜這兩個晚會有衝突，我不想錯過其中的任何一個。 |
| 回 conflict
反 agreement | n. [klæʃ]
◀ A clash between the two countries is unavoidable. | 名 撞擊聲，衝突，抵觸
這兩個國家之間的衝突是不可避免的。 |

> 記憶心法 clash與class的拼寫相近。可聯想：兩個 "s" 在一起有衝突，只好把其中一個調走，換成 "sh"。依此可記clash有「衝突，抵觸」的意思。

| ◀ **clearance** | n. [ˈklɪrəns]
◀ Do you know the detail about clearance? | 名 清除，清掃，出空，空地，空隙
你知道通關的細節問題嗎？ |

> 記憶心法 clear表示「清楚」，ance表「行為，結果」，合併起來是「進行清理或清理完畢的狀態」，因此有「清除，清掃」之意

| ◀ **climate**
回 air, atmospheric conditions, weather | n. [ˈklaɪmɪt]
◀ I would prefer to live in the south for climate. | 名 氣候，風氣，趨勢，氣氛
因為氣候關係，我寧願住在南方。 |

記憶心法	clim表示「傾斜」，ate作名詞字尾。聯想記憶：地球向北極傾斜，就會影響氣候，依此可記climate有「氣候」的意思。		

◀ **clone** 回 copy	n. [klon] ◀ The clone technology is very important in modern society.	名 無性繁殖系，翻版，複製品 複製技術在當今社會非常重要。

記憶心法	發音記憶：clone的發音是「克隆」。

◀ **coarse** 回 rough, rude, vulgar 反 delicate, fine	a. [kors] ◀ His coarse words showed that he did not receive a good education.	形 粗的，粗糙的，粗俗的 他粗俗的語言顯示他沒有受過良好的教育。

記憶心法	coarse的拼寫與course（課程）相近。

◀ **coddle** 回 favor, humor	v. [ˈkɑdl̩] ◀ To coddle children means to treat them indulgently.	動 悉心照料，嬌養，用文火煮（蛋等） 溺愛孩子就是放任地對待他們。

記憶心法	與code（編碼）的拼寫相近。

◀ **coherent** 回 consistent, logical 反 illogical	a. [koˈhɪrənt] ◀ We still had no coherent plan to reform the institution.	形 一致的，協調的，連貫的 我們沒有改革該機構的一致方案。

記憶心法	co表「一起，連接」，her表「黏接」，ent是形容詞字尾，表示「…的」，合起來便有「一致的，協調的」之意。	

| ◀ **collateral**
圓 parallel, secondary | a. [kəˈlætərəl]
◀ He is my collateral relative. | 形 並行的，附屬的，旁系的
他是我的旁系親戚。 |
| | n. [kəˈlætərəl]
◀ She used her car as a collateral for the loan. | 名 擔保品，抵押品
她用車作這筆貸款的擔保品。 |

記憶心法	col表示「共同」，later表示「側，邊」，al作形容詞字尾，表示「屬於…的」，合併起來是「在同一側的」，因此有「並行的，附屬的」之意。	

| ◀ **colloquial**
圓 conversable, dialectic
反 literary, tasteful | a. [kəˈlokwɪəl]
◀ You use too many colloquial words in this essay. | 形 白話的，口語的
你在這篇論文裏用了太多的口頭語。 |

記憶心法	col表示「共同」，loqu = to speak（說，講），ial作形容詞字尾，表示「…的」，合併起來，即是「口語的」之意。	

| ◀ **colonial**
圓 colonizing
反 object | a. [kəˈlonjəl]
◀ Hong Kong was under British colonial rule for many years. | 形 殖民地的，殖民的
香港曾多年受英國的殖民統治。 |

記憶心法	來自colony，其意為「殖民地」，ial是形容詞字尾，因此colonial是「殖民的，殖民地的」之意。	

◀ **commerce**

回 commercialism,
mercantilism

n. [ˈkɑmɝs]

◀ They want to promote commerce with foreign countries.

名 商業，貿易，交流，社交

他們想促進與外國的貿易往來。

記憶心法 com表示「共同」，merce表示「交易」，合起來是「共同交易」，由此便有「商業，貿易」之意。

◀ **commercialism**

回 mercantilism

n. [kəˈmɝʃəlɪzəm]

◀ Culture industry is being debased by commercialism.

名 商業精神，營利主義

文化產業的價值受商業化的影響而逐漸下降。

記憶心法 commercial是形容詞，意為「商業的，營利本位的」，ism是名詞字尾，表「…主義」，合起來便是「商業精神，營利主義」的意思了。

第二週第五天 (Week 2 ― Day 5)

單字・同反義字	音標・例句	字義・中譯
◀ **commit** 回 perpetrate, entrust	v. [kəˈmɪt] ◀ The little girl was committed to the care of her grandpa.	動 犯（罪），做（錯事等），把…託付給 小女孩被委託給她爺爺照顧。

記憶心法 com表「完全」，mit表「送」，合起來是「完全送給」，因此commit便有「託付，交託」之意。

| ◀ **commodity**
回 goods, merchandise | n. [kəˈmɑdətɪ]
◀ In Iraq oil is an important commodity for export. | 名 商品，日用品，有用的東西
石油是伊拉克的一項重要出口商品。 |

記憶心法	com表「共同」，mod表「方式，模式」，ity是名詞字尾，合起來是「有共同模式的東西」，因此便有「商品」之意。

◀ **communicate**	v. [kəˈmjunəˌket]	動 交際，交流，傳送，通訊
同 convey, transmit	◀ You should find a way to communicate with your brother.	你應該想辦法與你的兄弟聯繫。
反 conceal		

記憶心法	com表「共同，一起」，mun表「公共」，ate是動詞字尾，合起來是「一起說彼此感興趣的話題」，因此便有「交際，交流」之意。

◀ **comparable**	a. [ˈkɑmpərəbl̩]	形 可比較的，比得上的
同 comparative	◀ A comparable camera would cost far less in Japan.	一部類似的相機在日本要便宜得多。
反 incomparable		

記憶心法	com表「一起」，par表「相等」，able是形容詞字尾，合起來即是「可比較的，比得上的」之意。

◀ **compensation**	n. [ˌkɑmpənˈseʃən]	名 補償，賠償，賠償費
同 recompense, amends	◀ He didn't get compensation from his company.	公司沒有給他任何賠償費。

記憶心法	com表「一起」，pens表「稱量」，ate表「使成為」，合起來是「將…加在一起稱量」，因此有「補償，賠償」之意。

◀ **competent**	a. [ˈkɑmpətənt]	形 有能力的，能勝任的
同 capable, qualified	◀ She has been proved that she is competent in doing this job.	她已經證明她能勝任這份工作。
反 incompetent		

記憶心法	com表「與…一起」，pet表「尋求」，en表「有…能力」，因此有「有能力的，能勝任的」之意。

◀ **competitor** 回 rival, challenger 反 friend	n. [kəmˈpɛtətɚ] ◀ This team is a dangerous competitor.	名 競爭者，對手，敵手 該隊是有威脅力的競爭對手。

記憶心法	來自compete，其意為「競爭」，加名詞字尾or，合併起來，便有「競爭者，對手，敵手」之意。

◀ **complicated** 回 complex, intricate 反 simple	a. [ˈkɑmpləˌketɪd] ◀ The question is too complicated for little boys.	形 複雜的，難懂的 對小男孩來說，這個問題太複雜了。

記憶心法	com表「一起」，plic表「折疊，編結」，ate表「使成為」，ed表「…的」，合起來是「相互纏結在一起」，因此有「複雜的，難懂的」之意。

◀ **compound** 回 combine, intensify 反 separate	v. [kamˈpaʊnd] ◀ He compounded his mistake by refusing to apologize.	動 增重，使混合，使化合 他拒絕道歉，這加重了他的過錯。
回 admixture, amalgam 反 secluded, separate	n. [ˈkampaʊnd] ◀ This medicine is not a compound.	名 混合物，化合物，複合句 這種藥不是化合物。
回 complex, composite 反 seclusion, separation	a. [ˈkampaʊnd] ◀ This book is about compound words.	形 合成的，複合的 這本書是關於複合詞的書。

記憶心法	com表「一起，共同」，pound表「放」，合起來是「放到一起」，因此便有「使混合，使化合」之意，可引申為「妥協，和解」的意思。	

◀ **computer-literate**	a. [kəmˊpjutɚˊlɪtərɪt] ◀ We need someone who is computer-literate.	形 精通電腦的，會電腦操作的 我們需要一個精通電腦的人。

記憶心法	computer意為「電腦」，literate意為「有文化的，有閱讀和寫作能力的」，合起來即是「精通電腦的，會電腦操作的」的意思。	

◀ **conceal** 同 disguise, hide 反 disclose, reveal	v. [kənˊsil] ◀ She tried to conceal what had happened recently.	動 隱蔽，隱瞞 她試圖隱瞞最近發生的事。

記憶心法	con表示「完全」，ceal表示「隱藏」，合併起來，便有「隱藏，隱瞞」之意。	

◀ **concession** 同 conceding, yielding	n. [kənˊsɛʃən] ◀ We hope you could make some concession in price.	名 讓步，妥協，特許權 我們希望貴方能夠在價格方面做些讓步。

記憶心法	con表「完全」，cess表「走開」，ion表「行為，結果」，合起來是「完全走開，退讓」，因此有「讓步，妥協」之意。	

◀ **concoct** 同 make, invent	v. [kənˊkɑkt] ◀ How could you believe the tales concocted by him?	動 調製，調合，捏造，圖謀 你怎麼會相信他捏造的那些故事？

記憶心法	con表示「一起」，coct = cook，表示「烹調」，合併起來，便有「調製」之意。

◀ **concur** 回 consent, coincide 反 disagree, defy	v. [kən'kɝ] ◀ The committee concurred in dismissing him.	動 同意，一致，同時發生 委員會一致同意解雇他。

記憶心法	con表「一起，共同」，字根cur表「跑」，合起來是「一起跑」，因此便有「同時發生，同意，一致」之意。

◀ **condone** 回 excuse, forgive	v. [kən'don] ◀ You will condone yourself if you condone others.	動 寬恕，赦免 如果你寬恕了別人，也就寬恕了你自己。

記憶心法	con表「完全」，done表「給予」，合起來是「完全給予」，可見此人大度，具有一顆寬容的心，因此condone便有「寬恕，赦免」之意。

◀ **confederate** 回 band together, unite	v. [kən'fɛdəˌret] ◀ They finally confederated to rebel against the fascist.	動 (使)結盟，(使)聯合 他們最終聯合起來，共同對抗法西斯。
回 ally, alliance 反 enemy	n. [kən'fɛdərɛt] ◀ Japan was a confederate of German in the World War II.	名 同盟者，盟國，共謀者 在第二次世界大戰中日本是德國的一個同盟國。

| 同 affined, federal
反 adverse, antagonistic | a. [kənˈfɛdəˌret]
◀ As confederate countries, we should help each other. | 形 結為同盟的，聯合的
作為盟國，我們應該互相幫助。 |

記憶心法 con表「共同，一起」，feder表「聯盟，結盟」，ate可作動詞和形容詞字尾，因此合起來就有「聯合的，（使）結盟」的意思。

One today is worth two tomorrows.
一個今天勝過兩個明天。

Truth never fears investigation.
事實從來不怕調查。

A bold attempt is half success.
勇敢的嘗試是成功的一半。

第三週第一天 (Week 3 — Day 1)

12 MP3

單字‧同反義字	音標‧例句	字義‧中譯
◀ **conference** 回 consultation 反 monolog	n. [ˈkɑnfərəns] ◀ An international conference will be held in New York next week.	名 會議，討論會，協商會 下星期在紐約將有一場國際研討會。

記憶心法 con表示「一起」，fer表示「帶來」，ence是名詞字尾，合起來是「把（意見）都帶來」，引申為「討論會，協商會」之意。

◀ **confident** 回 believing, certain 反 disbelieving	a. [ˈkɑnfədənt] ◀ If you are confident in yourself, there will be less anxiety in your life.	形 自信的，有信心的 如果你對自己有信心，生活中就不會有那麼多的擔憂。

記憶心法 con表示「共同，相互」，fid表示「相信，信任」，ent作形容詞字尾，合起來是「相互信任的」，由此可得出「確信的，相信的」之意。

◀ **confirm** 回 substantiate 反 contradict, deny	v. [kənˈfɝm] ◀ His words confirmed her thought.	動 證實，加強，批准，確認 他的話證實了她的想法。

記憶心法 con表示「加強」，firm表示「堅定」，合併起來是「十分堅定」，因此有「證實，確定」之意。

◀ **congenital** 回 connate, inborn	a. [kənˈdʒɛnətl] ◀ She has a congenital disease.	形 先天的，天生的 她有先天性疾病。

記憶心法	con表示「一起」，genit表示「產生」，al是形容詞字尾，表示「…的」，合起來是「生來就有的」，引申為「先天的」之意。

◀ **conjecture** 同 speculate	v. [kənˈdʒɛktʃɚ] ◀ They conjectured the Italian team would lose.	動 推測，猜想，揣摩 他們猜想義大利隊會輸。
同 guess, supposition 反 reason	n. [kənˈdʒɛktʃɚ] ◀ It is his conjecture. Don't believe in him.	名 推測，猜想，揣摩 那是他的猜測，不要相信他。

記憶心法	con表示「一起」，ject表示「推，扔」，ure作名詞或動詞字尾，合併起來是「全部是推測出來的」，引申為「臆測」之意。

◀ **conscience** 同 moral sense	n. [ˈkanʃəns] ◀ The murderer was afflicted with conscience.	名 良心 這個殺人犯受著良心的譴責。

記憶心法	con表「完全」，sci表「知道」，ence表「狀態」，合起來是「完全知道是非」，引申為「良心」之意。

◀ **consecutive** 同continuous, serial 反alternate	a. [kənˈsɛkjʊtɪv] ◀ The president was reelected for two consecutive terms.	形 連續不斷的，連貫的 總統連續兩任當選。

記憶心法	con表「一起，共同」，secut表「跟隨」，再加形容詞字尾ive，合起來是「一個跟著一個」，因此便有「連續不斷的，連貫的」之意。

◀ **consequence**
回 aftermath
反 cause

n. ['kɑnsə,kwɛns]
◀ The traffic was heavy, and in consequence she was late.

名 結果，後果，重要性
交通很擁塞，所以她遲到了。

記憶心法 con表「共同」，sequ表「跟隨」，ence表「行為的性質狀態」，合起來是「隨之而來的東西」，因此有「結果，後果」之意。

◀ **conservationist**
回 environmentalist

n. [,kɑnsə'veʃənɪst]
◀ You cannot say you are not a conservationist and protecting the earth is none of your business.

名 天然資源保護論者
你不能因為你不是天然資源保護論者，就說保護地球這種事與你無關。

記憶心法 conservation意為「保存，保護」，ist是名詞字尾，表「…人」，合起來是「天然資源保護論者」之意。

◀ **conspicuous**
回 noticeable
反 invisible, plain

a. [kən'spɪkjuəs]
◀ The sign should be conspicuous so that everyone can notice.

形 顯著的，顯而易見的
標誌應該明顯點，這樣每個人都能注意到。

記憶心法 con表「一起，共同」，spic表「看」，ous是形容詞字尾，合起來是「大家都能看到的」，因此有「顯而易見的，顯著的」之意。

◀ **constituent**
回 constitutive

a. [kən'stɪtʃuənt]
◀ A constituent assembly will be held tomorrow.

形 組成的，有憲法制定（或修改）權的
立憲會議將於明天召開。

回 component	n. [kən'stɪtʃʊənt] ◀ What's the main constituent of the salt?	名 成分，選舉人，選民，委託人 鹽的主要成分是什麼？

記憶心法 con表示「一起」，stitu表示「放」，ent作形容詞或名詞字尾，合併起來是「放在一起」，因此有「組成的」之意。

◀ constitution 回 laws, rules	n. [ˌkɑnstə'tjuʃən] ◀ The constitution of modern society is very complicated.	名 憲法，構造，組成，任命 現代社會的結構非常複雜。

記憶心法 con表「一起」，stitut表「站立」，ion表「結果」，合起來是「一些成分站立在一起」。因此有「憲法，法規，構造，組成」之意。

◀ consume 回 exhaust, use up 反 produce	v. [kən'sjum] ◀ He consumed most of his time in playing computer games.	動 消耗，花費，吃完 他花費大部分時間玩電腦遊戲。

記憶心法 con表示「全部」，sume表示「拿，拿走」，合併起來是「全部拿光」，引申為「消費，消耗」之意。

◀ consumer price index	ph.[kən'sjumɚ][praɪs]['ɪndɛks] ◀ Economists use the consumer price index to track changes in prices of goods.	片 消費者物價指數 經濟學家用消費者物價指數來追蹤貨物的價格變化。

記憶心法 consume意為「消耗」，price意為「價格」，index意為「指數」，合起來就是「消費者物價指數」的意思。

單字・同反義字	音標・例句	字義・中譯
◀ **contemplate** 回 muse, ponder	v. [ˈkɑntɛmˌplet] ◀ The recent situation forced her to contemplate a change of job.	動 思量，考慮，注視，預期 目前的情勢迫使她考慮換一個工作。

> **記憶心法** con用以「加強」，templ可看作「temple（廟）」，ate是動詞字尾。聯想：「像廟中人一樣深思」。因此contemplate便有「深思」之意。

| ◀ **contempt**
回 disdain, disregard
反 esteem, respect | n. [kənˈtɛmpt]
◀ They showed great contempt to such behavior. | 名 輕視，蔑視，丟臉，受辱
他們蔑視這種行為。 |

> **記憶心法** con表「共同」，tempt表「嘗試」，合起來是「大家都能試」，因此不是什麼了不起的事情，便有「輕視，蔑視」之意。

13 MP3 第三週第二天 (Week 3 ― Day 2)

單字・同反義字	音標・例句	字義・中譯
◀ **contort** 回 deform, distort	v. [kənˈtɔrt] ◀ She contorted the author's words out of their original sense.	動 扭曲，曲解 她曲解了作者話裡原來的意思。

> **記憶心法** con表「加強」，tort表「扭曲」，合起來就是「扭曲，曲解」的意思。

| ◀ **contrary**
回 adverse
反 agreeable | a. [ˈkɑntrɛrɪ]
◀ He always took the contrary opinion to mine. | 形 相反的，矛盾的，對抗的
他常常和我的意見相反。 |

回 reverse, opposite	n. ['kɑntrɛrɪ] ◀ He did not criticize you, on the contrary, he praised you.	名 矛盾，相反，對立物 他沒有批評你，相反地，他誇獎你。
記憶心法 contra表示「反，逆」，ry是形容詞或名詞字尾，合併起來有「相反，反面，相反的，矛盾的」之意。		

◀ **contribute** 回 donate, endow	v. [kən'trɪbjut] ◀ Everyone is called on to contribute food to the poor region.	動 捐贈，投稿，貢獻 呼籲大家捐贈食物給窮困地區。
記憶心法 con表示「全部」，tribute表示「給予」，合起來是「全部給出」，因此便有「捐獻」之意。		

◀ **control** 回 hold, contain 反 disorder, obey	v. [kən'trol] ◀ He controlled his temper and went away silently.	動 控制，管理，克制，抑制 他抑制住自己的情緒，默默地走開了。
回 command 反 freedom	n. [kən'trol] ◀ The machine was out of control.	名 控制，管理，克制，抑制 這台機器失控了。
記憶心法 cont表示「反，抗」，rol表示「輪，旋轉」，合起來是「使輪子不旋轉」，因此便有「支配，控制」之意。		

◀ **convene**
回 assemble, gather

v. [kən'vin]
◀ The employees were convened here for a significant meeting.

動 集會,聚集,召集,傳喚
員工們被召集到這裡召開重要會議。

記憶心法 con表「全部」,ven表「來」,合起來是「全部都來」,因此便有「集會,聚集」之意。

◀ **convey**
回 deliver, transport
反 relinquish

v. [kən've]
◀ That train only conveys goods.

動 傳達,運輸,轉移,輸送
那列火車只運輸貨物。

記憶心法 con表示「共同」,vey表示「道路」,合併起來是「共同用路」,引申為「運載,運送」之意。

◀ **conviction**
回 assurance, belief
反 acquittal

n. [kən'vɪkʃən]
◀ I have the conviction that we will succeed.

名 定罪,證明有罪,信念
我深信我們會成功。

記憶心法 con表「全部」,vict表「征服」,合起來是「徹底征服」,而徹底征服某事需要信念來說服自己為之奮鬥,依此可記conviction有「信念」之意。

◀ **cooperate**
回 collaborate

v. [ko'ɑpə'ret]
◀ Our president is very happy to cooperate with your company.

動 合作,協作,配合
我們的董事長很高興與貴公司合作。

記憶心法 co表「共同」,operate表「操作」,合起來是「共同操作」,因此便有「合作」的意思。

◀ **cordial** 回 hearty, sincere 反 dejected, severe	a. ['kɔrdʒəl] ◀ They had a cordial talk with each other.	形 熱忱的，友好的，真摯的 他們進行了友好的交談。

記憶心法：cord表示「心」，ial作形容詞字尾，表示「…的」，合併起來，構成「真心的，真誠的」。因此cordial一詞便有「真誠的，誠懇的」之意。

◀ **corporate** 回 collective 反 individual	a. ['kɔrpərɪt] ◀ The corporate image is very essential to a company.	形 法人的，團體的，公司的，共同的 對一個公司來說，它的整體形象是非常重要的。

記憶心法：corpor表「身體，團體」，ate是形容詞字尾，合起來就有「團體的，共同的，全體的」之意。

◀ **corporation** 回 company	n. [ˌkɔrpə'reʃən] ◀ The corporation has a branch office in Washington.	名 法人，社團法人，股份有限公司 這家公司在華盛頓有一家辦事機構。

記憶心法：conpor表「體，人體」，ation表「成為」，合併起來是「組成一個團體」，引申為「法人，社團法人」之意。

◀ **correspondent** 回 analogous	v. [ˌkɔrɪ'spandənt] ◀ The outcome of the contest was correspondent with her wishes.	形 符合的，一致的 比賽的結果與她的願望是一致的。

回 newspaperman	n. [ˌkɔrɪˈspɑndənt] ◀ They are our New York correspondents.	名 通訊記者,特派員 他們是我們駐紐約的特派記者。

記憶心法 cor表「與」,respondent表「回答的」或「回答者」,合起來是「與…相回答」,因此有「符合的,一致的,通訊記者,特派員」的意思。

◀ **corrupt** 回 demoralize 反 improve, purify	v. [kəˈrʌpt] ◀ It was money that corrupted her.	動 (使) 腐敗,(使)墮落 金錢使她墮落。
回 depraved, rotten 反 good, improved	a. [kəˈrʌpt] ◀ After graduating, she led a corrupt life.	形 腐敗的,墮落的 畢業後,她過著墮落的生活。

記憶心法 cor表「全部」,rupt表「斷了」,合起來是「全部斷了」,因此便有「腐敗,腐爛,墮落」之意。

◀ **cost-conscious**	n. [kɔst][ˈkɑnʃəs] ◀ Do you understand the difference between cost-conscious and profit-driven?	名 成本意識 你理解成本意識與利益驅動的區別嗎?

記憶心法 cost意為「成本」,conscious意為「意識」,合起來就是「成本意識」的意思。

◀ **count** 回 add, judge, regard	v. [kaʊnt] ◀ Let's count the stamps we've collected.	動 計算,認為,考慮 數一數我們收集的郵票有多少吧!
回 total	n. [kaʊnt] ◀ There were, by count, 230 people in the theater.	名 計算,總數,事項,考慮 依計算,劇院裡有二百三十人。

記憶 心法	源自中古英語counten,表示「數數,計數」,後引申為「計算」。

◀ **counterfeit** 回 forge, fake	v. [ˈkaʊntɚˌfɪt] ◀ He was put in prison due to counterfeiting money.	動 偽造,仿造,假裝 他因製造假幣而被關進監獄。
回 imitation, forgery	n. [ˈkaʊntɚˌfɪt] ◀ The purse is a counterfeit.	名 冒牌貨,仿製品 這個皮包是仿製品。
回 artificial 反 genuine	a. [ˈkaʊntɚˌfɪt] ◀ Don't be deceived by his counterfeit sorrow.	形 偽造的,假冒的,假裝的 不要被他假裝的悲傷所欺騙。

記憶 心法	counter表「反」,feit表「做」,原意是「違反事實」,引申為「偽造,仿造」之意。

14
MP3

第三週第三天 (Week 3 — Day 3)

單字 · 同反義字	音標 · 例句	字義 · 中譯
◀ **cozy** 回 comfortable	a. [ˈkozɪ] ◀ My bedroom has a nice cozy feel.	形 舒適的，愜意的 我的臥室讓人感到很舒適。

記憶心法 | 可以與dozy（想睡的）放在一起記憶，可聯想，一到舒適的環境，就想睡覺，依此可記cozy有「舒適的」之意。

單字 · 同反義字	音標 · 例句	字義 · 中譯
◀ **craft** 回 trade, craftiness	n. [kræft] ◀ He got his position by craft.	名 工藝，行業，手腕，狡猾 他用詭計得到職位。

記憶心法 | raft意為「筏，救生艇」，可聯想，製作一個安全結實的筏子，是需要一定的手藝和工藝的，依此可記craft有「工藝，手藝」的意思。

單字 · 同反義字	音標 · 例句	字義 · 中譯
◀ **crass** 回 uncouth, vulgar 反 tasteful	a. [kræs] ◀ We could not stand her crass ignorance any more.	形 粗魯的，愚鈍的，粗糙的 我們無法再忍受她的粗魯無知。

記憶心法 | crass可與形似字class（課，上課）一起記憶：上class吃東西是crass的行為。

單字 · 同反義字	音標 · 例句	字義 · 中譯
◀ **credible** 回 believable 反 incredible	a. [ˈkrɛdəbl] ◀ It is hardly credible that she can make so great improvement in one year.	形 可信的，可靠的 她在一年裡能取得這麼大的進步，真是令人難以相信。

| 記憶心法 | cred表示「相信，信任」，ible作形容詞字尾，表示「可…的」，合起來便有「可信的」的意思。 |

◀ **creditor**	n. [ˈkrɛdɪtɚ]	名 債權人
同 lender, loaner	◀ Your creditor came to your house again.	債主又到你家去了。
反 debtor		

| 記憶心法 | credit表「信任」，or，意為「…的人」，合起來是「信任別人、能夠把東西借給他人的人」，因此便是「債權人」之意。 |

| ◀ **criminology** | n. [ˌkrɪməˈnɑlədʒɪ] | 名 犯罪學 |
| | ◀ A policeman should know something about criminology. | 警察應該懂些犯罪學。 |

| 記憶心法 | crimin表「犯罪，罪行」，ology可作名詞字尾，表「…學」，合起來就是「犯罪學」之意。 |

| ◀ **cripple** | v. [ˈkrɪpl] | 動 使殘廢，嚴重削弱，使陷入癱瘓 |
| 同 lame | ◀ The traffic was crippled due to the fog. | 因為大霧，交通陷入癱瘓。 |

| 同 lame person | n. [ˈkrɪpl] | 名 跛子，殘廢的人 |
| | ◀ His parents are cripples so the little boy leads a hard life. | 父母都是殘疾人，所以小男孩過著艱苦的生活。 |

| 記憶心法 | cripple來自動詞creep（爬）。 |

◀ **criticality**	n. [krɪtɪˈkælɪtɪ] ◀ He said the challenge of our future food supply was approaching criticality.	名 臨界狀態，臨界點 他說我們未來食物供應的挑戰已接近臨界狀態。

記憶心法 criticality來自形容詞critical（緊要的，關鍵性的）。

◀ **critique** 同 criticism	n. [krɪˈtik] ◀ His article presented a critique of the government's corruption.	名 批評，評論，評論文章 他的文章對政府的腐敗做出了批評性的分析。

記憶心法 crit表「評判」，ique表「具有…性質的事物」，因此critique有「批評，評論」之意。

◀ **crucial** 同 pressing 反 unimportant	a. [ˈkruʃəl] ◀ The development of our nation is at a crucial stage.	形 關鍵的，決定性的 我們國家的發展處在關鍵的階段。

記憶心法 cruc = crux表示「十字」，ial是形容詞字尾，表示「…的」，合併起來，是「處於十字路口的」，由此有「緊要關頭的，決定性的」之意。

◀ **culminate** 同 crown, end	v. [ˈkʌlməˌnet] ◀ Her efforts finally culminated in success.	動 達到最高點，告終，使結束 她的努力終於獲得成功了。

記憶心法 culminate的動詞三態為：culminate; culminated; culminated。

◀ **cure**
回 heal, medicate
反 aggravate, hurt

v. [kjʊr]

◀ You are not completely cured, how can you leave the hospital?

動 治療,治癒,消除,改正

你還沒有痊癒,怎麼可以出院?

回 remedy, curative
反 aggravation

n. [kjʊr]

◀ I am sorry to tell you there's no known cure for your illness right now.

名 治療,痊癒,療法,療程

我很遺憾地告訴你,目前沒有治療你所患疾病的良藥。

記憶心法　來自拉丁語cura,表示「注意」。因為只有注意「治療」,才能治好病。

◀ **custody**
回 care, conservation
反 relinquishment

n. [ˈkʌstədɪ]

◀ He was remanded in custody for 4 weeks.

名 保管,監護,拘留,監禁

他被拘留四個星期。

記憶心法　得到監護是take custody;警方拘禁是police custody。

◀ **cut**
回 chip, abbreviate
反 add, preserve

v. [kʌt]

◀ His apartness cut me deeply those days.

動 切,割,砍,削

在那些日子了,他的冷漠深深地傷害了我。

回 gash, slash, slice

n. [kʌt]

◀ He gave his little brother a cut on the face.

名 傷口,刻痕,削減,縮短

他把他弟弟的臉割傷了。

記憶心法	cut可與cat（貓）一起記：cat的臉被cut傷了。	

◀ **cyberspace** 🔲 internet, net	n. [ˈsaɪbəˌspes] ◀ He thinks it makes good sense today to talk of cyberspace as a place all its own.	🔳電腦空間 他認為，把電腦空間作為它自己的空間來討論是合理的。

記憶心法	cyber意為「電腦的，與電腦相關的」，space意為「空間」，合起來就是「電腦空間」的意思。

◀ **dangle** 🔲 hang, swing	v. [ˈdæŋgl] ◀ The little boy sat on the table, his legs dangling.	🔳（使）懸盪，（使）吊著，追隨 小男孩坐在桌子上，搖晃著腿。

記憶心法	可以與danger（危險）放在一起記憶，可聯想，總是盪來盪去，那是很危險的，依此可記dangle有「懸盪，吊著」的意思。

🔊15 MP3　　第三週第四天 (Week 3 — Day 4)

單字‧同反義字	音標‧例句	字義‧中譯
◀ **daunt** 🔲 dash, scare off	v. [dɔnt] ◀ I won't be daunted by difficulty and failure.	🔳嚇倒，使氣餒，使畏縮 我不會被困難和失敗嚇倒。

記憶心法	daunt是由d + aunt（姑媽）構成，可聯想，有一個可怕的姑媽，那是多麼一件令人沮喪的事情，依此可記daunt有「沮喪」的意思。

◀ **deal** 回 trade	v. [dil] ◀ The commission told me they would deal my problem later.	動 處理,應付,分配,發牌 委員會告訴我他們稍後將處理我的問題。
回 transaction 反 disagreement	n. [dil] ◀ Your encouragement means a great deal to him.	名 交易,協定,大量 你的鼓勵對他非常重要。

記憶 心法	可以與real（真的）放在一起記憶，可聯想，我們在處理事情的時候，一定要面對自己的真心，依此可記deal有「處理」的意思。

◀ **debate** 回 argue, contend 反 answer, hear	v. [dɪ'bet] ◀ She debated carefully before taking the job.	動 辯論,討論,爭論,思考 在接受這份工作之前，她仔細考慮了一番。
回 argument 反 hearing, monolog	n. [dɪ'bet] ◀ The college will hold a debate next week.	名 辯論,討論,爭論,辯論會 那所學院將於下星期舉行一場辯論會。

記憶 心法	de表加強，bate表「打，擊」，合起來是「加強打擊」，因此便有「反駁，辯論」之意。

◀ **debtor** 反 creditor	n. ['dɛtɚ] ◀ What will you do with the defaulting debtor?	名 借方,債務人 對不履行責任的債務人，你將怎麼做？

記憶心法	debt意為「債務」，加or，即是「借方，債務人」的意思。		

◀ **declare** 同 announce, assert 反 conceal, deny	v. [dɪ'klɛr] ◀ Do you have anything to declare?	動 宣告，聲明，申報 你有什麼東西要申報的嗎？

記憶心法	de表示強調，clare表示「使明白」，合起來是「使明白」。由「使明白」引申為「宣布」。

◀ **deduce** 同 infer, draw 反 induce	v. [dɪ'djus] ◀ From this fact we may deduce that he lied to us.	動 演繹，推斷，追溯 從這個事實，我們可以推斷出他在撒謊。

記憶心法	de表示「向下」，duce表示「引導」，合併起來是「向下引導」，因此有「推論」之意。

◀ **deduction** 同 subtraction 反 induction	n. [dɪ'dʌkʃən] ◀ My deduction is that your dream will never come true if you do not work hard.	名 扣除，扣除額，推論，演繹 我的推論是，如果你不努力工作，你的夢想永遠都不會實現。

記憶心法	來自動詞deduct，意為「扣除，減去，演繹」。

◀ **default**	v. [dɪ'fɔlt] ◀ If any one of you defaults on your commitments, I will quit.	動 不履行，缺席，拖欠 如果你們當中的任何一個違反承諾，我就退出。

| 同 absence | n. [dɪˈfɔlt]
◀ The businessman is in default on a loan. | 名 違約，拖欠，缺席
這個商人拖欠借款。 |

記憶心法 de表示「加強」，fault表示「欺騙，錯誤」，合併起來是「錯誤下去」，引申為「拖債，不履行」之意。

◀ defend
同 safeguard, shelter
反 assail, attack

| | v. [dɪˈfɛnd]
◀ It is our responsibility to defend our country. | 動 防禦，保衛，保護，
為…辯護
保衛國家是我們的責任。 |

記憶心法 de表示「躲開」，fend表示「打擊」，合起來是「躲開，打擊」，引身為「防守，保衛」之意。

◀ deficit
同 shortage, shortfall

| | v. [ˈdɛfɪsɪt]
◀ Our company has a deficit of 20,000 dollars. | 名 不足額，赤字
我們公司虧空了兩萬美金。 |

記憶心法 de表示「否定」，fic表示「做」，it表「行為」，原意是「做得不足」，引申為「不足額，赤字」之意。

◀ deflation
反 inflation

| | n. [dɪˈfleʃən]
◀ He gives me a sense of deflation. | 名 放氣，縮小，通貨膨脹，洩氣
他給我洩氣的感覺。 |

記憶心法 來自動詞deflate，其意為「放氣，縮小，緊縮貨幣」。

| ◀ **defuse** | v. [dɪˈfjuz] ◀ The talk has successfully defused the tension in this region. | **動** 拆去…的雷管，使除去危險性，緩和 這場會談成功地緩解了該地區的緊張形勢。 |

| 記憶心法 | de表「離」，fuse表「導火線」，合起來是「把導火線拆除」，因此便有「拆去…的雷管，使除去危險性，緩和，平息」之意。 | | |

| ◀ **delete** 回 cancel, erase | v. [dɪˈlit] ◀ My name was deleted from the list. | **動** 刪除，劃掉 我的名字從名單上刪除了。 |

| 記憶心法 | de表「取消」，let表「小的…物」，合起來是「只取消小的東西，作小的改動」，因此delete便有「刪除，劃掉」之意。 | | |

| ◀ **deliver** 回 consign, give 反 collect, withdraw | v. [dɪˈlɪvɚ] ◀ He was asked to deliver a speech in the meeting. | **動** 投遞，送交，發表，接生 有人請他在會議上發表演說。 |

| 記憶心法 | de表示「完全」，liver表示「自由」，原意是「使之完全自由」，引申為「投遞，送交，發表」之意。 | | |

| ◀ **demand** 回 necessitate, need 反 answer, furnish | v. [dɪˈmænd] ◀ The work demands chariness. | **動** 要求，請求，查詢 這份工作需要細心。 |

| 同 need, requirement
反 answer, provision | n. [dɪ'mænd]
◀ Your demand is reasonable, but we cannot satisfy you. | 名 要求，需要
你的要求是合理的，但我們不能滿足你。 |

記憶心法：de表示「一再」，mand表示「命令」，合起來是「一再命令」，因此便有「要求」之意。

| ◀ **demean**
同 degrade, disgrace | v. [dɪ'min]
◀ Don't demean yourself by pleading for him. | 動 貶低……的身份
不要請求他，那樣你會自貶身份。 |

記憶心法：mean表「低劣的」，加de，合起來就有「貶低……的身份」的意思。

第三週第五天 (Week 3 — Day 5)

16
MP3

單字‧同反義字	音標‧例句	字義‧中譯
◀ **denounce** 同 condemn, accuse	v. [dɪ'naʊns] ◀ The public denounced her as a whore.	動 指責，譴責，告發，指控 群眾指責她從事賣淫。

記憶心法：nounce表「報告」，加上de，合起來是「不好的報告」，因此便有「指責，譴責，告發，指控」之意。

| ◀ **dental** | a. ['dɛntl]
◀ He is a dental surgeon. | 形 牙齒的，牙科的
他是一名牙醫。 |

記憶心法	dent表「齒」，al是形容詞字尾，合起來就是「牙齒的，牙科的」的意思。		

◀ **depart** 回 part, start, start 反 appear, arrive	v. [dɪˈpɑrt] ◀ They departed for Paris at 8 a.m.	動 啓程，出發，離開，背離 他們於早上八點鐘出發去巴黎。

記憶心法	de表「完全」，part表「分開，分離」，合起來是「離開，離去，背離，違反」的意思。

◀ **depict** 回 describe, portray	v. [dɪˈpɪkt] ◀ The book depicts her as a hero.	動 描繪，描述，描畫 這本書把她描寫成英雄。

記憶心法	de表示「完全」，pict表「描畫」，因此合起來就是「描繪，描述」的意思。

◀ **deposit** 回 lay, leave, place 反 consume, draw	v. [dɪˈpɑzɪt] ◀ She deposited 60,000 dollars in the bank.	動 儲存，放置，（使）沈澱 她在銀行裡存了六萬美金。
回 fund, saving 反 nonpayment	n. [dɪˈpɑzɪt] ◀ I was asked to pay a deposit.	名 存款，定金，沈澱物 我被要求付定金。

記憶心法	de表示「下」，posit表示「放」，合起來是「放下」，因此便有「放，存放」之意。

◀ **depression** 同 recession 反 excitement	n. [dɪ'prɛʃən] ◀ In time of depression, it is difficult to find a job.	名 沮喪，意氣消沉，不景氣，蕭條 在景氣蕭條時期，很難找到工作。

記憶
心法　depress意為「使沮喪，使消沉」，加ion變為形容詞，合起來就有「沮喪，意氣消沉」的意思。

◀ **derelict** 同 abandoned	a. ['dɛrə,lɪkt] ◀ He was dismissed for he was derelict in his duty.	形 荒廢的，被棄置的，怠忽職守的 他因失職而被解雇。

記憶
心法　de表「完全」，relict表「放棄」，合起來是「完全被放棄掉的」，因此便有「荒廢的，被棄置的」之意。

◀ **dermatologist** 同 skin doctor	n. [,dɝmə'tɑlədʒɪst] ◀ Her mother is a dermatologist.	名 皮膚學者，皮膚科醫生 她母親是皮膚科醫生。

記憶
心法　dermato表「皮膚」，名詞字尾logist表「學者」，因此合起來就是「皮膚學者，皮膚科醫生」的意思。

◀ **desert** 同 abandon, discard 反 accompany	v. [dɪ'zɝt] ◀ Real friends will not desert you when you are in difficulty.	動 遺棄，拋棄 真正的朋友不會在你有困難時拋棄你。

回 punishment	n. [ˈdɛzɚt] ◀ He traveled through the desert successfully.	名 沙漠，懲罰 他成功地穿越沙漠。

記憶心法 de表示「分開」，sert表示「連接」，「把連接的東西分開」就是「丟棄，拋棄」。

◀ **desktop** 回 background	n. [ˈdɛsktɑp] ◀ Your desktop wallpaper is very beautiful.	名 桌上型電腦 你的電腦桌面非常漂亮。

記憶心法 desk意為「書桌」，top意為「頂端」，所以合起來是「桌上型電腦」的意思。

◀ **detection** 回 catching, espial 反 concealment	n. [dɪˈtɛkʃən] ◀ The detection of crime is not as easy as you think.	名 發現，發覺，偵查，探知 偵查犯罪並非你想的那麼簡單。

記憶心法 de表「除去」，tect表「蓋」，ion表「行為」，合起來是「發現，覺察，查出，看穿」之意。

◀ **detention** 回 constraint 反 freedom	n. [dɪˈtɛnʃən] ◀ I am sorry to tell you that your son is kept in detention.	名 滯留，延遲，拘留 很遺憾地告訴你，你兒子遭到拘留。

記憶心法 de表「離開」，tect表「握，持」，ion表「行為」，原意是「抓住使脫離原先的群體」之意，引申為「滯留，延遲」。

◀ **deteriorate**	v. [dɪˈtɪrɪəˌret]	動 (使)惡化，(使)下降
同 devolve, drop		
反 ameliorate	◀ My father's health deteriorates with age.	隨著年齡的增長，父親的健康越來越差。

記憶心法　來自拉丁文deterior，表「糟糕的」，ate是動詞字尾，表「使…怎麼樣」，合起來便有「(使)惡化，(使)下降，(使)退化，(使)墮落」之意。

◀ **device**	n. [dɪˈvaɪs]	名 裝置，設備，手段，謀略
同 equipment		
	◀ Of course the spy got the information by some device.	間諜當然是運用某種手段獲取了情報。

記憶心法　de表「從…移走」，vice意思是「惡習、缺點」。聯想：運用device移走惡習。

| ◀ **diagnose** | v. [ˈdaɪəgnoz] | 動 診斷 |
| | ◀ The doctor diagnosed his illness as cancer. | 醫生診斷他得了癌症。 |

記憶心法　dia表「分辨」，gno表「知」，se表「行為」，原意是「分辨病情、原因等」，引申為「診斷」。

◀ **dictator**	n. [ˈdɪkˌtetɚ]	名 獨裁者
同 autocrat, tyrant		
	◀ My grandpa is a bit of a dictator.	我的爺爺有點霸道。

記憶心法　dictate表示「口授，命令」，ator表示「做某動作的人」，合併起來，便得出「發命令者」之意。

第四週第一天 (Week 4 — Day 1)

17 MP3

單字・同反義字	音標・例句	字義・中譯
◀ **diffuse** 回 scatter, spread	v. [dɪˈfjuz] ◀ Who diffused the rumor?	動 (使) 擴散，傳播，散布 誰散布這個謠言？
回 soft, diffused	a. [dɪˈfjus] ◀ His talk was so diffuse that I didn't know what he really talked about.	形 四散的，擴散的，散漫的，冗長的 他的談話漫無邊際，我都不知道他到底在說什麼。

記憶心法 dif表「不同」，fuse表「流」，合起來是「向不同的方向流動」，因此便有「四散，擴散，傳播」之意。若當形容詞，就有「四散的，擴散的」之意。

◀ **digital**	a. [ˈdɪdʒɪt!] ◀ She wants to buy a digital camera.	形 數位的，數字的 她想買一台數位相機。

記憶心法 digit意為「數字，數位」，加al變為形容詞，合起來就是「數字的，數位的」之意。

◀ **diminish** 回 decrease, lessen 反 add, expand	v. [dəˈmɪnɪʃ] ◀ The car expenses diminished her savings.	動 縮小，減少，遞減，削弱…的權勢 這輛車的費用耗去了她的積蓄。

記憶心法 di表「向下」，min表「小」，再加ish，合起來是「小下去」，因此便有「縮小，減少，遞減」之意。

◀ **dire** 回 dreadful, fearful	a. [daɪr] ◀ They are in dire need of help.	形 可怕的，悲慘的，極度的，緊迫的 他們迫切需要幫助。
記憶 心法	可以與fire（火災）放在一起記憶，可聯想，發生了一場大火災是十分可怕的，依此可記dire有「可怕的」之意。	

◀ **disabled** 回 handicapped 反 healthy	a. [dɪs'ebḷd] ◀ The company hired some disabled people.	形 殘廢的，有缺陷的 那家公司雇用了一些殘障人士。
記憶 心法	disable意為「使殘廢，使喪失能力」，加d變為形容詞，就有「殘廢的」之意。	

◀ **disastrous** 回 calamitous, fatal 反 creative, fortunate	a. [dɪz'æstrəs] ◀ You have made a disastrous mistake.	形 災害的，災難性的，悲慘的 你犯了一個會招致大禍的錯誤。
記憶 心法	來自名詞disaster（災難）。	

◀ **discern** 回 recognize	v. [dɪ'zɝn] ◀ People usually cannot discern between the fact and the rumor.	動 認出，發現，辨別，識別 人們通常不能分辨事實和謠言。
記憶 心法	dis表「開」，cern表「分」，合起來是「把一物和其他物分開」，因此discern便有「辨別，認出」之意。	

◀ disclaim

回 deny, rebuff
反 claim

v. [dɪsˈklem]

◀ She disclaimed ownership of the estate.

動 放棄，否認，拒絕承認

她放棄了財產的擁有權。

記憶心法 dis表「不」，claim表「喊，要求」，合起來是「不再喊，不再要求」，因此有「放棄（權利）」之意。

◀ disclosure

回 revelation

n. [dɪsˈkloʒɚ]

◀ That is a startling disclosure of governmental corruption.

名 揭發，透露，公開

政府貪腐真相的揭露令人震驚。

記憶心法 dis表「否定，相反」，clos表「關閉」，ure表「行為」，合起來是「揭發，透露」之意。

◀ discredit

回 disgrace, dishonor
反 credit, honor

v. [dɪsˈkrɛdɪt]

◀ She discredited her competitor's good name with ugly gossip.

動 使丟臉，敗壞…的名聲，使不足信

她散布惡毒的流言蜚語，破壞她競爭對手的名聲。

回 contempt
反 credit, honor

n. [dɪsˈkrɛdɪt]

◀ The criminal is a discredit to his family.

名 敗壞名聲的人或事，名聲的敗壞

那個罪犯是他家族的恥辱。

記憶心法 dis表「相反」，credit表「信任」，原意是「不信任」，引申為「使丟臉，敗壞…的名聲，使不足信」之意。

◀ **disinfect** 回 sterilize 反 infect	v. [ˌdɪsɪnˈfɛkt] ◀ He asked me how to disinfect drinking water.	動 將…消毒（或殺菌） 他問我如何將飲用水消毒。

> **記憶心法** dis表「除去」，infect意為「感染」，合起來是「消除感染」，因此有「將…消毒（或殺菌）」之意。

◀ **dismiss** 回 discharge, fire 反 employ	v. [dɪsˈmɪs] ◀ She dismissed the idea of directing a film.	動 解散，開除 她打消了導演一部電影的念頭。

> **記憶心法** dis表「脫離」，miss表「送，發」，原意是「送走離開」，引申為「讓…離開，把…打發走，解雇」之意。

◀ **disruption** 回 collapse, crash	n. [dɪsˈrʌpʃən] ◀ The country was in disruption at that time.	名 分裂，崩潰，瓦解，混亂 該國那時一片混亂。

> **記憶心法** dis表「分離」，rupt表「斷裂」，ion表「行為，結果」，原意是「斷開，裂開」，引申為「分裂，崩潰，瓦解」之意。

◀ **dissipate** 回 scatter, disperse 反 accumulate	v. [ˈdɪsəˌpet] ◀ What he said dissipated all my fear.	動 驅散，使消散，浪費，揮霍 他所說的話消除了我的一切恐懼。

> **記憶心法** dis表「加強」，sip表「喝，飲」，ate表「使…成為」，因此dissipate引申為「浪費，揮霍」之意。

◀ **distribute** 同 allocate, dispense 反 assemble, collect	v. [dɪˈstrɪbjʊt] ◀ The teacher distributed textbooks among students.	動 分配，散布 老師分發教科書給學生。

記憶心法 dis表示「分開」，tribute表示「給予」，合起來是「分開給予」，因此可得出「分發，分配」之意。

◀ **dive** 同 plunge, plunk 反 leap	v. [daɪv] ◀ She has been diving into the history of American literature.	動 跳水，潛水，潛心鑽研，探究 她潛心研究美國文學史。
同 diving 反 leap	n. [daɪv] ◀ Birthrate headed into a steep dive in that country.	名 跳水，俯衝，急劇下降，突然消失 該國的出生率急劇下降。

記憶心法 dive（潛水）可與live（生活）同步記憶：dive讓他的live充滿樂趣。

第四週第二天 (Week 4 － Day 2)

單字・同反義字	音標・例句	字義・中譯
◀ **diversify** 同 branch out, vary	v. [daɪˈvɝsəˌfaɪ] ◀ You should try to diversify your products.	動 使多樣化 你們應該嘗試讓產品多樣化。

記憶心法	diverse意為「不同的，變化多的」，加ify變為動詞，就有「使多樣化」的意思。		

◀ **dividend**　回 portion, share	n. [ˈdɪvəˌdɛnd]　◀ The company declared a large dividend at the end of the year.	名 紅利，股息，被除數　公司在年底宣布紅利甚豐。

記憶心法	divide意為「分發，分享」，加nd變為名詞，合起來是「分發、分享的行為」，引申為「（股票、保險的）利息、紅利」的意思。

◀ **dizziness**　回 giddiness	n. [ˈdɪzənɪs]　◀ He had a sensation of dizziness after getting off the plane.	名 頭昏眼花　下了飛機後，他有一種眩暈的感覺。

記憶心法	dizzy是形容詞，有「眩暈的」之意，加ness變為名詞，合起來就有「頭昏眼花」的意思。

◀ **donor**　回 presenter	n. [ˈdonɚ]　◀ He asked me how to be a registered organ donor.	名 贈送人，捐贈者　他問我如何才能成為一個註冊的器官捐贈者。

記憶心法	don表「給，贈」，or表「行為者」，因此donor引申為「贈送人，捐贈者」。

◀ **dormant**　回 asleep, inactive　反 active, awake	a. [ˈdɔrmənt]　◀ Snakes lie dormant during the winter.	形 睡著的，冬眠的，休眠的　蛇在冬季冬眠。

記憶心法	dorm表示「睡眠，安眠」，ant表示「處於…狀態」，因此dormant有「睡著的」的意思。

◀ **dour** 同 dark, glum 反 happy	a. [dur] ◀ He confronted the task with dour determination.	形 陰鬱的，嚴厲的，倔強的 他以堅定的決心面對這次任務。

記憶心法	dour（陰鬱的）可與door（門）同步記憶：躲在door後容易養成dour個性。

◀ **downsize**	v. [ˈdaʊnˌsaɪz] ◀ The boss told me they needed to downsize.	動 以較小尺寸設計或製造，裁減（員工）人數 老闆告訴我他們要裁員。

記憶心法	down意為「向下」，size意為「大小，尺寸」，合起來就有「以較小尺寸設計或製造，裁減（員工）人數」的意思。

◀ **draft** 同 compose	v. [dræft] ◀ Her husband was drafted into military service.	動 起草，設計，選派，徵兵 她丈夫被徵召入伍。
同 outline, sketch	n. [dræft] ◀ He drew a draft of the building.	名 草圖，徵兵，匯款，匯款單 他畫了一張建築物的草圖。

記憶心法	draft（草圖）可與raft（木筏）同步記憶：建造raft的第一步是先畫張draft。

| ◀ **drift**
回 float, be adrift | v. [drɪft]
◀ Many graduates drifted into the south to seek work. | 動 漂流,漂泊,遊蕩,漸漸趨向
許多畢業生到南部找工作。 |
| 回 trend, movement | n. [drɪft]
◀ What is the drift of your argument? | 名 傾向,趨勢,要旨,大意
你論點的大意是什麼? |

記憶心法 drift (漂流) 可與rift (裂縫,裂口) 同步記憶:小船出現rift,因此他被迫隨風drift。

| ◀ **dubious**
回 doubtful
反 reliable | a. [ˈdjubɪəs]
◀ I am dubious about accepting the invitation. | 形 半信半疑的,猶豫不決的,可疑的
我猶豫不定是否要接受邀請。 |

記憶心法 dub表「二,雙」,加ious變為形容詞,合起來是「處於兩種狀態的,有兩種想法」,因此便有「半信半疑的,懷疑的」之意。

| ◀ **dumb**
回 speechless, mute | a. [dʌm]
◀ He remained dumb and didn't answer us. | 形 啞的,無言的,遲鈍的,笨的
他沉默不語,不回答我們。 |

記憶心法 與numb (麻木的) 的拼寫接近,可聯想,一個人麻木之後,就往往表現笨笨的,依此可記dumb有「無言的,遲鈍的,笨的」之意。

◀ duty 同 task, work, tax 反 authority, choice	n. [ˈdjutɪ] ◀ It's our duty to protect the earth.	名 職責，本分，責任，稅 保護地球是我們的責任。
記憶心法	duty（責任，稅）拼寫與duly（準時地）接近，同步記憶：duly上班是你的duty。	
◀ earnings 同 wage, pay	n. [ˈɝnɪŋz] ◀ My earnings are adequate to my needs.	名 收入，工資，利潤，收益 我的收入夠用了。
記憶心法	earnings（收入，工資）來自動詞earn（賺，獲得）。	
◀ eco-conscious	a. [ˈikoˌkɑnʃəs] ◀ We should be eco-conscious.	形 有環保意識的 我們應該有環保意識。
記憶心法	eco表「環境，生態」，conscious意為「有意識的」，因此合起來就有「有環保意識的」之意。	
◀ economics	n. [ˌikəˈnɑmɪks] ◀ I know nothing about economics.	名 經濟學，經濟情況，經濟 我對經濟學一竅不通。
記憶心法	來自economy，其意為「經濟」，ics表示「…學科」，合併起來便有「經濟學」之意。	

◀ economy	n. [ɪˈkɑnəmi]	名 節約，節省，經濟
回 saving	◀ They practice strict economy though they are very rich.	儘管他們很富有，還是厲行節約。
反 luxury		

記憶心法 eco表「家」，nom表「法規」，y表「集體，行為」，因此economy引申為「節約，節省，經濟」的意思。

19 MP3

第四週第三天 (Week 4 — Day 3)

單字・同反義字	音標・例句	字義・中譯
◀ editor 回 columnist	n. [ˈɛdɪtɚ] ◀ My father is an editor for a local magazine.	名 編輯 我父親是當地一家雜誌的編輯。

記憶心法 edit是「編輯，校訂」，or表「…人」，因此editor就是「編輯」的意思。

| ◀ educational toys | ph.[ˌɛdʒʊˈkeʃən][tɔɪz] ◀ Make sure to buy educational toys that match your child's age group. | 片 教學玩具 確定買適合你孩子年齡層的教學玩具。 |

記憶心法 educational意為「教育性的」，toys意為「玩具」，合起來就是「教學玩具」的意思。

| ◀ effect 回 effectuate, set up 反 cause | v. [ɪˈfɛkt] ◀ The revolution effected changes all over the country. | 動 造成，產生，招致，實現 這場革命造成全國各地發生了變化。 |

| 圙 outcome, result
反 cause | n. [ɪ'fɛkt]
◀ The effects of this disease are not very serious. | 名 效果，效力，作用，影響
這種病的後果不是很嚴重。 |

記憶心法 ef表「向外，出」，fect表「做」，合起來是「做出來的結果」，因此有「產生，招致」之意。

| ◀ **elicit**
圙 educe, evoke | v. [ɪ'lɪsɪt]
◀ At last the policemen have elicited the truth from the suspect. | 動 引出，誘出，引起
員警終於從嫌疑犯那裡探得真相。 |

記憶心法 e表「出」，licit表「引導」，合起來是「引導出」，因此便有「引出，誘出，引起」之意。

| ◀ **emancipate**
圙 liberate, free
反 abandon, enclose | v. [ɪ'mænsə,pet]
◀ This product will emancipate many people from all the hard work. | 動 釋放，解放
這種新產品將使許多人從繁重的工作中解脫出來。 |

記憶心法 e表「外，出」，man表「手」，cip表「握」，ate表「使」，原意是「使從握著的手中出去」，引申為「釋放，解放」。

| ◀ **embed**
圙 enclose, fix | v. [ɪm'bɛd]
◀ His words were embedded in her memory. | 動 使插入，使嵌入，深留
他的話深深地留在她的記憶裡。 |

記憶心法 em表「進入」，bed表「床」，原意是「深深陷在床裡面」，引申為「使插入，使嵌入」。

◀ **embrace** 回 hug, bosom 反 disintegrate	v. [ɪm'bres] ◀ She embraced his offer of a trip to Italy.	動 擁抱，包括，欣然接受 她接受他所提出到義大利旅遊的建議。
記憶心法	em表示「使」，brace表示「兩臂」，合併起來是「使⋯在兩臂中」，引申為「擁抱，接受」。	
◀ **empathize** 回 understand	v. ['ɛmpə,θaɪz] ◀ We empathized with those who lived hard lives.	動 (使) 同情，有同感，產生共鳴 我們同情那些生活困苦的人們。
記憶心法	em表示「入內」，path表示「感情」，ize表「使成為」，原意是「使深入體會他人感情」，引申為「使同情，有同感，產生共鳴」。	
◀ **employee** 回 hired hand 反 employer	n. [ɛmplɔɪ'i] ◀ The company has 500 employees.	名 受雇者，雇工，雇員 這家公司有五百名員工。
記憶心法	employ有「雇用」的意思，ee是名詞字尾，表「被⋯者」，合起來就有「受雇者，雇員」的意思。	
◀ **encryption**	n. [ɛn'krɪpʃən] ◀ These articles are about algorithms for encryption and decryption.	名 加密 這些文章是關於加密和解密的運算法則。
記憶心法	來自動詞encrypt，意為「將⋯譯成密碼」。	

◀ endeavor
回 strive, attempt

v. [ɪn'dɛvɚ]

◀ They endeavored without success to pass the bill.

動 努力，力圖

他們想努力通過法案，但失敗了。

記憶心法 en表示「使…」，deavor表「責任，義務」，合併起來是「使盡責，使盡義務」，因此有「努力，盡力」之意。

◀ endorse
回 certify, indorse
反 protest, oppose

v. [ɪn'dɔrs]

◀ We all endorse your opinion.

動 背書，簽署，贊同，批准

我們全都同意你的意見。

記憶心法 en表「使」，dorse意為「書或折疊文件的背面」，合起來是「使…置於書背面」，因此便有「背書，簽署」之意。

◀ energy
回 force, ginger
反 disease, lethargy

n. ['ɛnɚdʒɪ]

◀ She devotes all her energy to the job.

名 能量，精力，活力

她把全部的精力投入這份工作。

記憶心法 en表「在內」，erg表「功」，y表「行為」，原意是「使進入工作狀態的東西」，引申為「精力，活力之意」的意思。

◀ engineer
回 mastermind

v. [,ɛndʒə'nɪr]

◀ He couldn't believe it was his best friend who engineered his downfall.

動 設計，建造，操縱，策畫

他不敢相信居然是他最好的朋友設計將他搞垮。

單字·同反義字	音標·例句	字義·中譯
回 expert, specialist	n. [ˌɛndʒəˈnɪr] ◀ Her father meant her to be a civil engineer.	名 工程師，專家，精明幹練的人 父親打算讓她當土木工程師。

> 記憶心法 engine表示「發動機」，er是表示「…人」，合起來是「設計發動機的人」，引申為「工程師」的意思。

| **◀ ensure**
 回 assure, guarantee | v. [ɪnˈʃʊr]
 ◀ They ensured they would finish the task on time. | 動 確定，保證，擔保
 他們保證能準時完成任務。 |

> 記憶心法 en表示「使」，sure表示「確實的，可靠的」，合併起來便有「使安全，保證」之意。

| **◀ entertain**
 回 amuse, delight
 反 bore | v. [ˌɛntɚˈten]
 ◀ She often entertains her friends on Sunday. | 動 使歡樂，使娛樂，招待，持有
 她經常在週日招待朋友。 |

> 記憶心法 enter表「在…內」，tain表「握，持」，原意是「將…保持在某種狀態之中」，引申為「使歡樂，使娛樂」。

20
MP3

第四週第四天 (Week 4 ─ Day 4)

單字·同反義字	音標·例句	字義·中譯
◀ entrepreneur 回 capitalist	n. [ˌɑntrəprəˈnɝ] ◀ He is a clever entrepreneur.	名 企業家 他是一個精明能幹的企業家。

記憶心法	來自法語，等於enterpriser（企業家，創業者）。	

◀ environmental assessment	ph.[ɪnˌvaɪrənˈmɛnt]][əˈsɛsmənt] ◀ Experts concluded that China should promote strategic environmental assessment.	片 環境評估 專家們得出的結論是：中國應促進戰略性的環境評估。
◀ envy 反 gratification	n. [ˈɛnʌɪ] ◀ I was filled with envy at his success.	名 妒忌，羨慕 我對他的成功滿懷羨慕。
同 covet, crave 反 gratify, satisfy	v. [ˈɛnʌɪ] ◀ I have always envied her good fortune.	動 妒忌，羨慕 我一直羨慕她運氣好。

記憶心法	en表示「惡意」，vy表示「看」，合併起來是「惡意地看」，引申為「羨慕，妒忌」。	

| ◀ equal 反 unequal | a. [ˈikwəl] ◀ It is equal to me whether you come or not. | 形 相等的，平等的，能勝任的 你來不來對我都一樣。 |

95

回 peer	n. ['prɪ] ◀ Is he your equal in playing basketball?	名 (地位等) 相同的人,相等的事物 他的籃球打得跟你一樣好嗎?
回 amount, up to 反 contrast, deviate	v. ['ikwəl] ◀ It seems that none of us can equal her.	動 等於,比得上 似乎我們當中沒人比得上她。

記憶心法	equ表示「均等」,al表「有…特性的」,合起來便有「相等的,平等的,能勝任的」之意。

◀ **equipment** 回 outfit, facility	n. [ɪ'kwɪpmənt] ◀ We should import scientific and technological equipment actively.	名 裝備,設備 我們應該積極地引進科技設備。

記憶心法	equip表示「裝備」,ment是名詞字尾,合起來有「裝備,設備」之意。

◀ **eradication** 回 destruction, death	n. [i,rædɪ'keiʃən] ◀ A full-scale nuclear war could lead to the eradication of the human race.	名 根除,消滅 全面的核戰爭很可能導致人類的滅絕。

記憶心法	e表「出」,radic表「根」,ation表「動作」,合起來是「把根挖出」,引申為「根除,消滅」。

| **◀ essential**
 回 basic, important | a. [ɪˈsɛnʃəl]
 ◀ Perseverance is essential to success. | 形 本質的，實質的，基本的
 成功需要持之以恆。 |
| | n. [ɪˈsɛnʃɪ]
 ◀ The course mainly deals with the essentials of management. | 名 本質，實質，要素，要點
 這一課程主要講述管理的基本要點。 |

記憶心法 ess(e)表「存在」，ential是形容詞字尾，合併起來便有「本質的，重要的」之意。

| **◀ estate**
 回 property | n. [ɪsˈtet]
 ◀ They own a large estate in Scotland. | 名 房地產，不動產，社會等級
 他們在蘇格蘭有大量房地產。 |

記憶心法 e表「出」，sta表「站立」，ate表「事物」，原意是「事物站立的狀態」，引申為「房地產，不動產」。

| **◀ ethnic minority** | ph.[ˈɛθnɪk][maɪˈnɔrətɪ]
 ◀ Zhuang is the largest ethnic minority group in China. | 片 少數民族
 壯族是中國最大的少數民族。 |

| **◀ evaluate**
 回 assess, calculate | v. [ɪˈvæljuˌet]
 ◀ It's too early to evaluate the research project's success. | 動 估價，評價
 要對這個研究項目的成績作出評價還為時尚早。 |

記憶心法	e表「出」，val表「價值」，ate表「使成為」，合併起來便有「估價，評價」之意。

◀ **evolution**	n. [ˌɛvəˈluʃən]	名 發展，漸進，進化
回 growth, progress	◀ Our firm is still in continuous evolution.	我們的公司仍在不斷發展之中。

記憶心法	e表示「外，出」，volut表示「滾、轉」，tion表「行為、結果」，原意是「滾出來、擴展出來」，引申為「發展，漸進，進化」。

◀ **excess**	n. [ˈɛksɛs]	名 超越，過量，過度
回 abundance	◀ Luggage in excess of 20 kg must be charged extra.	行李超過二十公斤必須收取額外的費用。

記憶心法	ex表「向外」，cess表「走」，原意是「走出界外」，引申為「超越，過量」。

◀ **exclude**	v. [ɪkˈsklud]	動 排除，拒絕
回 bar, reject	◀ We cannot exclude the possibility that the company will be on the verge of bankruptcy.	我們不排除這家公司將瀕臨破產的可能性。

記憶心法	ex表「外」，clud表「關閉」，e是動詞字尾，原意是「關在外面」，引申為「排除、拒絕」。

◀ **executive**	a. [ɪgˈzɛkjʊtɪv]	形 執行的，行政的，管理的
回 directing	◀ My father is a man of great executive ability.	我爸爸是個具有極高執行能力的人。

	n. [ɪgˈzɛkjʊtɪv]	名 經理，業務主管，行政人員
	◀ Those junior executives were always impatient for promotion.	那些資淺行政官員總是迫不及待地想晉升。

記憶心法 ex表「出」，ecut表「跟隨」，ive表「⋯的」，引申為「執行的，行政的」之意。

◀ **exhibit** 回 display, show	v. [ɪgˈzɪbɪt]	動 顯示，陳列，展覽，展出
	◀ Why doesn't our company exhibit our new products at a moment?	為什麼我們公司不馬上展出新產品？

記憶心法 ex表「出」，hibit表「具有、保持」，原意是「放到外面去」，引申為「顯示，陳列，展覽」之意。

◀ **expedite** 回 hasten, hurry	v. [ˈɛkspɪˌdaɪt]	動 使加速，促進
	◀ Please do what you can to expedite the shipment work.	請盡量加快裝運工作。

記憶心法 ex表「出」，ped表「腳」，ite是動詞字尾，原意是「把腳跨出去」，引申為「使加速，促進」。

---

21 MP3

第四週第五天 (Week 4 — Day 5)

單字・同反義字	音標・例句	字義・中譯
◀ **expense** 回 consumption 反 income	n. [ɪkˈspɛns]	名 價錢，費用，花費
	◀ It's too much of an expense for them to buy a house.	對他們來說，買一棟房子的花費太大。

記憶心法	ex表示「出」，pens表示「稱量」，e是名詞字尾，原意是「稱量出去的東西」，引申為「價錢，費用，花費」。		

◀ **expire** 回 discontinue, exhale, terminate	v. [ɪkˈspaɪr] ◀ My lease will expire at the end of this year.	動 呼氣，斷氣，終止，期滿 我的租約今年年底到期。

記憶心法	ex表示「出」，pir表示「呼吸」，合併起來便有「呼氣」之意。

◀ **explode** 回 burst, erupt	v. [ɪkˈsplod] ◀ ① The terrorists exploded a bomb in a mall. ◀ ② The boss exploded with rage.	動 使爆炸，爆炸 ① 恐怖分子在一家購物商場引爆了一枚炸彈。 ② 老闆勃然大怒，暴跳如雷。

記憶心法	ex表「出」，plode表「大聲音」，合起來是「出來大聲音」，引申為「爆炸」之意。

◀ **explosive** 回 dynamite	n. [ɪkˈsplosɪv] ◀ Gunpowder is a powerful explosive.	名 炸藥，爆炸物 火藥是一種強有力的爆炸物。

回 eruptive, volcanic 反 unexcitable	a. [ɪkˈsplosɪv] ◀ At present, unemployment became an explosive issue.	形 爆炸的，易爆炸的 當前，失業成了一個爆炸性的問題。

記憶心法	ex表示「出」，plos表示「拍手，鼓掌」，ive是形容詞或名詞字尾，引申為「炸藥，爆炸的」之意。

◀ exposure
◐ disclosure

n. [ɪkˈspoʒɚ]

◀ Exposure of the skin to strong sunlight can be harmful.

名 暴露，揭露，曝光

皮膚受烈日暴曬會造成傷害。

記憶心法 ex表「向外」，pos表「放置」，ure表「行為」，引申為「暴露，揭露」之意。

◀ extinction
◐ abolition

n. [ɪkˈstɪŋkʃən]

◀ May the human race live to see the extinction of the whale?

名 消滅，滅絕，熄滅，滅火

人類是否能親眼見到鯨的滅絕呢？

記憶心法 來自extinc「熄滅的，消滅的，滅絕的」的名詞形式，ion是名詞字尾，合併起來，便有「消滅，滅絕，熄滅」等意思。

◀ extraordinary
◐ special, unusual

a. [ɪkˈstrɔrdn͵ɛrɪ]

◀ Their talents are quite extraordinary.

形 非同尋常的，特別的

他們才華出眾。

記憶心法 extra表「超過的」，ordinary表「普通的」，合起來是「超過普通」，因此extraordinary具有「特別的，非常的」之意。

◀ eyewitness
◐ witness

n. [ˈaɪˈwɪtnɪs]

◀ This is an eyewitness account of the crime.

名 目擊者，見證人

這是目擊者對這一罪行的　述。

記憶心法 eye表「眼」，wit表「知道」，ness表「狀態」，原意是「目睹情況者」，引申為「目擊者，見證人」。

◀ **facilitate** ◎ ease, help, assist	v. [fə'sɪlə,tet] ◀ It would facilitate matters if they were a bit more co-operative.	動使容易，促進，幫助 要是他們多合作點，事情就好辦了。

記憶心法 fac表「做」，ilit表「能，易」，ate表「使成為」，原意是「使容易做成」，引申為「使容易，促進」。

◀ **farce** ◎ comedy, play	n. [fɑrs] ◀ I like to watch farces in my spare time to relax myself.	名鬧劇，滑稽戲，笑劇 我喜歡在閒暇時看爆笑劇來放鬆自己。

記憶心法 分割記憶：far（遠），ce看作voice（聲音），合併起來是「聲音傳遠」，引申為「鬧劇」。

◀ **fascinate** ◎ interest, excite	v. ['fæsn,et] ◀ The very style of the Forbidden City fascinates me a great deal.	動迷住，迷人，吸引 故宮的獨特建築風格令我十分著迷。

記憶心法 fascin表「捆住」，ate是「使」，合併起來是「使捆住」，因此有「迷住，迷人，吸引」之意。

◀ **fastidious** ◎ critical, choosy	a. [fæs'tɪdɪəs] ◀ She is always fastidious about her food.	形難取悅的，挑剔的 她總是對食物過於挑剔。

記憶心法 fas表「絕食」，tidious是「乏味的」合併起來是「因乏味而絕食」，因此有「挑剔的」之意。

◀ **feature** ◉ mark, trait	n. [ˈfitʃɚ] ◀ Her eyes are her best feature.	名 特徵，特色，面貌的一部分 她的雙眼是她容貌上最好看的部分。

記憶心法 feat「做、功績、技藝」，re表名詞字尾，引申為「特徵，特色」之意。

◀ **ferment** ◉ sour, turn, work	v. [fɚˈmɛnt] ◀ Look! The wine is beginning to ferment.	動 使發酵，騷動 看！酒開始發酵了。
◉ agitation, unrest	n. [ˈfɚmɛnt] ◀ The whole country was in a state of ferment.	名 騷動，動盪 整個國家處於動盪不安之中。

記憶心法 ferm表「熱」，ent表「…的」，合起來是「熱的」，引申為「使發酵，騷動」之意。

輕鬆一下 Let's take a break

You can not sell the cow and drink the milk.
魚與熊掌不可兼得。

You can't judge a book by its cover.
人不可貌相；海水不可斗量。

22 MP3 第五週第一天 (Week 5 ─ Day 1)

單字・同反義字	音標・例句	字義・中譯
◀ **festive** 回 merry, jolly	a. ['fɛstɪv] ◀ Today, the whole city is bathed in a festive atmosphere.	形 節日的，喜慶的，歡樂的 今天，整座城市沈浸在歡樂的氣氛中。

記憶心法	fest表示「集會」，加上形容詞字尾ive，即成festive。

| ◀ **fever**
回 heat, sickness | n. ['fivɚ]
◀ ① That fever nearly finished the child off.
◀ ② Everyone in the town was in a fever of excitement when the local team reached the cup final. | 名 發熱，發燒，狂熱
① 那場熱病幾乎要了那個孩子的命。
② 全鎮的人在自家隊伍晉級決賽時，陷入興奮狂熱中。 |

記憶心法	可以拆為f＋ever（從來，到底）記憶。

| ◀ **file** | n. [faɪl]
◀ Please put these documents in the main file. | 名 檔案，文件，文件夾
請把這些文件放在主要檔案夾中。 |
| 回 sort, classify | v. [faɪl]
◀ I want to file all my letters carefully. | 動 把…歸檔，排成縱隊前進
我要把所有的信件仔細歸檔。 |

記憶心法	file（檔案）可與fire（火）同步記憶：file不能放在fire裡，否則要燃燒了。	

◀ **financial** 回 fiscal	a. [faɪˈnænʃəl] ◀ New York is an important financial center.	形 財政的，金融的 紐約是重要的金融中心。

記憶心法	fin表「終結」，anc表「行為」，ial表「…的」，原意是「終結財務糾紛」，引申為「財政的，金融的」。	

◀ **fiscal** 回 financial	a. [ˈfɪskl̩] ◀ We should get a thorough understanding of the government's fiscal policy.	形 財政的 我們應該對政府的財政政策有全面的瞭解。

記憶心法	fisc表「國庫」，al表「…的」，合併是「國庫的」，引申為「財政的」。	

◀ **flee** 回 disappear, run away	v. [fli] ◀ During that time thousands of people fled the country.	動 逃避，逃跑，逃走 在那段期間成千上萬的人逃離了這個國家。

記憶心法	聯想記憶：這裡有flea（跳蚤），趕快flee（逃跑）吧！	

◀ **flock**	v.[flɑk] ◀ Birds of a feather flock together.	動 群集，聚集 物以類聚。

回 group, crowd	n. [flɑk] ◀ There are many flocks of tourists in this place.	名 群，大量，眾多 這個地方有好多群觀光客。

記憶心法	flock（群）可與block（街區）同步記憶：一flock野鵝飛到距此三條blocks的廣場。

◀ **flora**		
回 plants; vegetation	n. [ˈflorə] ◀ There is a flora and fauna in North America.	名 植物群 北美有一個動植物群。

記憶心法	flor表示「花草」，a是名詞字尾，合併起來便有「植物群」之意。

◀ **flourish**		
回 bloom, develop 反 decay, decline	v. [flɝɪʃ] ◀ No village on the railroad failed to flourish.	動 繁榮，興旺 凡是沿鐵路的村莊都很繁榮。

記憶心法	flour表示「花」，ish動詞字尾，合併起來是「如花一樣開放」，引申為「繁榮，茂盛，興旺，昌盛」。

◀ **focus**		
回 adjust, concentrate	v. [ˈfokəs] ◀ We must focus our mind on work.	動 聚焦，集中 我們應該集中精力於工作。

記憶心法	focus的諧音是「福客濕」，聯想記憶：發福的客人集中精神運動，最後全身濕透。

| ◀ food poisoning | n. [fud][ˈpɔɪznɪŋ]
◀ Food poisoning easily leads to death. | 名 食物中毒
食物中毒易導致死亡。 |

記憶心法 food表示「食物」；poisoning表示「中毒」。

| ◀ foreign exchange | n. [ˈfɔrɪn][ɪksˈtʃendʒ]
◀ They accept foreign exchange certificate. | 名 外匯
他們接受外匯券。 |

記憶心法 foreign表「外國的」；exchange中的ex表「出」，change表「交換」，原意是「對外交換」，引申為「交換，兌換」。

| ◀ forgery | n. [ˈfɔrdʒərɪ]
◀ The painting was a forgery. | 名 偽造品
那幅油畫是一件贗品。 |

記憶心法 forge表「偽造」，ry是名詞字尾，合起來是「偽造品」。

| ◀ formula
同 recipe, receipt | n. [ˈfɔrmjələ]
◀ In solving these problems you must learn to apply the formulas. | 名 公式，規則，客套語
你必須學會運用公式來解決這些問題。 |

記憶心法 form表「形成」，ula是名詞字尾，合起來是「形成的東西」，引申為「公式，規則」。

23 MP3	第五週第二天 (Week 5 — Day 2)	
單字・同反義字	**音標・例句**	**字義・中譯**
◀ **fortune** 回 luck, chance	n. [ˈfɔrtʃən] ◀ The two brothers decided to go abroad to try their fortunes.	名 命運，財產，大筆的錢 這兄弟倆決定到國外碰碰運氣。
記憶 心法	for表「為了」，tune表「曲調」；fortune（大筆的錢）的聯想記憶：為了fortune，我去學如何譜tune。	
◀ **found** 回 build, create	v. [faʊnd] ◀ The big firm was founded last year.	動 打基礎，建立 這家大公司是去年成立的。
記憶 心法	find（發現）的過去式和過去分詞也是found。	
◀ **frail** 回 dainty, delicate 反 solid, strong	a. [frel] ◀ She is too frail to live by herself.	形 虛弱的，脆弱的，薄弱的 她身體虛弱，不便獨居。
記憶 心法	fra表示「碎片」，il是形容詞字尾，合併起來是「脆的」，引申為「脆弱的」之意。	
◀ **fraud** 回 deceit, deception	n. [frɔd] ◀ We must go through the company's accounts in order to look for evidence of fraud.	名 欺騙，詐欺，騙子 我們必須仔細審核公司的帳目，以便查出詐欺的證據。

記憶心法	詐欺是commit a fraud；揭穿騙局是expose a fraud。		

◀ **freeze** 回 chill, refrigerate 反 melt	v. [friz] ◀ Their salaries were frozen at 150 dollars per week.	動 凍結，不許動 他們的薪水被固定在每週一百五十美元。

記憶心法	freeze（凍結）可與free（自由的）同步記憶：一旦雙腳freeze，行動就不free。

◀ **frustrate** 回 defeat, foil, ruin 反 encourage, fulfill	v. ['frʌs,tret] ◀ She was rather frustrated by the lack of appreciation shown of her work.	動 挫敗，阻撓，使感到灰心 她因工作得不到賞識而非常灰心喪氣。

記憶心法	frustrate作形容詞用時，表示「受挫的、失望的」。

◀ **fund** 回 supply, resources	n. [fʌnd] ◀ Our factory has built up reserve fund.	名 資金，基金，存款 我們的工廠已增加了儲備基金。

記憶心法	fund（資金）可與fun（愉快的）同步記憶：老闆獲得fund，所以一整天都很fun。

◀ **future** 回 tomorrow, hereafter 反 past	n. ['fjutʃɚ] ◀ The small company's future is uncertain.	名 將來，前途，前景 這家小公司前途未卜。

記憶心法	future（未來）可與true（真的）同步記憶：true快樂是在future完成夢想。

◀ **galaxy**	n. [ˈgæləksɪ] ◀ A galaxy of theatrical performers attended the premiere.	名 星系，銀河，一群顯赫的人 首次公演眾星雲集。

記憶心法	galaxy的諧音是「蓋樂西」，聯想記憶：比爾蓋茲的快樂就是買東西送朋友。

◀ **garbage** 同 waste, rubbish	n. [ˈgɑrbɪdʒ] ◀ He talked a lot of garbage on the report.	名 垃圾，廢物，廢話 關於這則報導，他講了太多廢話。

記憶心法	garbage（垃圾）可與garage（車庫）同步記憶：garage裡到處是garbage。

◀ **gather** 同 collect, assemble 反 scatter, disperse	v. [ˈgæðɚ] ◀ A lot of people gathered in the hall for the celebration.	動 聚集，集合 很多人聚集在禮堂慶祝。

記憶心法	gather（聯合，集合）可與together（一起）同步記憶：我們gather在禮堂，together唱歌跳舞。

◀ **general strike**	n. [ˈdʒɛnərəl][straɪk] ◀ The truck drivers' union has called a general strike.	名 總罷工 卡車司機工會已經發起了一場總罷工。

<table>
<tr><td>記憶心法</td><td>general表示「全體的、總的」；strike表示「罷工」。</td></tr>
</table>

| ◀ **genetic engineering** | n. [dʒəˈnɛtɪk][ˌɛndʒəˈnɪrɪŋ] ◀ He participated in research on genetic engineering. | 名 基因工程，遺傳工程
他參加了基因工程的研究。 |

<table>
<tr><td>記憶心法</td><td>genetic表示「基因的、遺傳的」；engineering表示「工程」。</td></tr>
</table>

| ◀ **genial**
同 pleasant, cheerful | a. [ˈdʒinjəl] ◀ Her genial welcome made the guests feel at home. | 形 愉快的，和藹的，脾氣好的
她殷勤的歡迎使客人們都感覺賓至如歸。 |

<table>
<tr><td>記憶心法</td><td>gen表「出生」，ial表「具有…特性的」，原意是「一生下來守護神就賦予某人的品性」，引申為「和藹的、親切的」。</td></tr>
</table>

| ◀ **gloat**
同 glory, triumph | v. [glot] ◀ It's a little unkind to gloat over your competitor's failure. | 動 幸災樂禍地看（或想），貪婪地盯視
對你對手的失敗幸災樂禍顯得有點不近人情。 |

<table>
<tr><td>記憶心法</td><td>gloat的動詞三態是：gloat; gloated; gloated。</td></tr>
</table>

| ◀ **global warming** | n. [ˈglobḷ][ˈwɔrmɪŋ] ◀ The main cause of global warming is human pollution. | 名 全球暖化
導致全球暖化的主要原因是人類對環境的污染。 |

<table>
<tr><td>記憶心法</td><td>global表示「全球的」，warming表示「暖和、加溫」。</td></tr>
</table>

24 MP3	第五週第三天 (Week 5 — Day 3)	
單字·同反義字	音標·例句	字義·中譯
◀ **gnaw** 回 grind, gnash, chew	v. [nɔ] ◀ Some desires gnawed away at her constantly.	動 使煩惱,折磨 一些欲望不斷地折磨她。
◀ **goad** 回 urge, drive, incite	v. [god] ◀ They always goad me into doing it by saying I am a coward.	動 刺激,驅使,唆使 他們老說我是個膽小鬼,以此刺激我去做這件事。
記憶心法	goad(驅使)可與goal(目標)同步記憶:goal很重要,它goad我們往前進。	
◀ **gossip** 回 chat, talk, prattle	v. ['gɑsəp] ◀ You can't stand in your office gossiping all day.	動 閒聊,傳播流言蜚語 你可不能整天站在辦公室裡閒聊。
	n. ['gɑsəp] ◀ There has been much gossip in our company.	名 閒話,聊天,流言蜚語 我們公司裡有許多流言蜚語。
記憶心法	傳播流言是spread gossip;閒談是talk gossip。	

| ◀ **gravity** | n. [ˈgrævətɪ]
 ◀ Have you learned Newton's law of gravity? | 名 地心引力，重力
 你學過牛頓的地心引力定律嗎？ |

| 記憶心法 | grav表示「重」，ity是名詞字尾，合併起來有「重力」之意。 |

| ◀ **greenhouse effect** | n. [ˈgrinˌhaʊs][ɪˈfɛkt]
 ◀ What does "greenhouse effect" refer to? | 名 溫室效應
 溫室效應指的是什麼？ |

| 記憶心法 | greenhouse表示「溫室」，effect表示「效應」。 |

| ◀ **groom**
 同 tidy, tend, preen | v. [grum]
 ◀ She groomed herself carefully for the evening party. | 動 使整潔，打扮
 她為參加晚宴而仔細地打扮了一番。 |

| 同 newlywed | n. [grum]
 ◀ Her groom looks much older than she does. | 名 新郎
 新郎看上去比她大很多。 |

| 記憶心法 | groom（新郎）可與room（房間）同步記憶：groom與新娘在room看電視。 |

◀ gross domestic product	n. [gros][dəˈmɛstɪk][ˈprɑdəkt] ◀ It is estimated that the gross domestic product will probably increase by 15% this year.	名 國內生產毛額 據估計今年的國內生產毛額將有可能增加百分之十五。

記憶心法　gross domestic product可縮寫為GDP。

◀ guarantee	n. [ˌgærənˈti] ◀ He is willing to offer his house as a guarantee.	名 保證，保證書，擔保，抵押品 他願用自己的房屋作擔保。
同 assure, certify 反 guarantor	v. [ˌgærənˈti] ◀ The shopkeeper guarantees satisfaction to his customers.	動 保證，擔保 那位店主承諾讓顧客滿意。

記憶心法　guarantee的動詞三態是：guarantee; guaranteed; guaranteed。

◀ gush 同 flow	v. [gʌʃ] ◀ They are gushing over their careers.	動 湧出，滔滔不絕地說 他們滔滔不絕地談論他們的事業。

記憶心法　Bush（美國總統布希）可與gush（滔滔不絕地說）同步記憶：美國總統Bush不是經常gush嗎？

◀ **head** 回 lead, precede	v. [hɛd] ◀ My name heads the list for the candidates.	動 為首，朝向，前進 我是候選人名單上的第一名。
回 top, intelligence 反 foot, tail	n.[hɛd] ◀ Two heads are better than one.	名 頭，頭腦，領袖 集思廣益。

記憶心法	head（領袖）可與lead（帶領）同步記憶：優秀的head必須lead我們朝成功邁進。

◀ **health insurance**	n. [hɛlθ][ɪnˈʃʊrəns] ◀ The fringe benefits of this job include free health insurance.	名 健康保險 這工作的附加福利包括免費的健康保險。

記憶心法	health表示「健康」，insurance表示「保險」。

◀ **hearsay** 回 gossip, rumor	n. [ˈhɪrˌse] ◀ Your judgment should be based on facts, not merely on hearsay.	名 謠傳，道聽途說 你的判斷應依據事實，而不應該僅依靠道聽途說。

記憶心法	hear表「聽到」，say表「說」，因此hearsay引申為「謠傳，道聽途說」。

| ◀ herbivorous | a. [hɚˈbɪvərəs]
◀ Is the camel a
herbivorous animal? | 形 草食性的
駱駝是草食性的動物嗎？ |

| 記憶心法 | herbi表「草」，vor表「吃」，ous是形容詞字尾，合起來是「吃草的」，引申為「草食性的」之意。 |

| ◀ high definition
television | n. [haɪ][ˌdɛfəˈnɪʃən][ˈtɛləˌvɪʒən]
◀ At present, more and
more families have
bought high definition
televisions. | 名 高解晰度電視
現在有越來越多的家庭購買高解晰度電視。 |

| 記憶心法 | high表示「高的」，definition表示「清晰度」，television表示「電視」。 |

| ◀ hijack
同 seize, steal | v. [ˈhaɪˌdʒæk]
◀ Six armed terrorists
planned to hijack a
plane. | 動 搶劫，攔路劫持
六個武裝的恐怖分子計畫劫持一架飛機。 |

| 記憶心法 | hijack（劫持）可利用hi（嗨）和Jack（傑克）聯想記憶：hijack飛機的歹徒向同夥Jack說Hi。 |

25
MP3

第五週第四天 (Week 5 — Day 4)

單字‧同反義字	音標‧例句	字義‧中譯
◀ holding 同 ownership	n. [ˈholdɪŋ] ◀ They have a 40% holding in the company.	名 持有，支援，所有物，財產 他們持有公司百分之四十的股份。

記憶心法	hold表「支援，持有」，ing是名詞字尾，因此holding引申為「所有物，財產」之意。	

◀ **homicide** 同 manslaughter	n. [ˈhɑmə‚saɪd] ◀ He is a homicide in self-defense.	名 殺人，殺人者 他是為自衛而殺人。

記憶心法	homi表示「人」，cid表示「殺」，合併起來有「殺人，殺人者」之意。	

◀ **hook** 同 hanger, wire	n.[huk] ◀ The bait hides the hook.	名 掛鉤，鉤 餌中藏鉤（其中有詐）。
同 fasten, clasp, bind	v. [huk] ◀ Will you hook my dress for me?	動 用鉤連接，用鉤掛 你可以幫我把衣服掛在鉤上嗎？

記憶心法	hook（鉤）可與book（書）同步記憶：這本book介紹hook的種類。	

◀ **horizon** 同 scope, range	n. [həˈraɪzn] ◀ A good novel can broaden your horizons.	名 地平線，眼界，見識 一本好小說能夠開闊你的眼界。

記憶心法	horiz表示「地平線」，on是名詞字尾，合併起來有「地平線，範圍」之意。	

◀ **hospitalize**	v. [ˈhɑspɪtḷˌaɪz] ◀ He should be hospitalized for diagnosis and treatment as soon as possible.	動 使住院治療 他應該盡快入院接受診療。

記憶心法 hospital表「醫院」，ize表「使…」的動詞字尾，合併起來有「使入院」之意。

◀ **house** 同 shelter, building	n. [haʊs] ◀ They are going to move to a new house next month.	名 房子，住宅 下個月他們將遷入新居。

記憶心法 利用house的諧音「好濕」記憶：好的房子具有除溼設備。

◀ **humanism**	n. [ˈhjumənˌɪzəm] ◀ Her writing captures the quintessence of Renaissance humanism.	名 人文主義，人道主義 她的作品抓住了文藝復興時期人文主義的精髓。

記憶心法 human表示「人類」，ism表示「主義」，合併起來有「人文主義」之意。

◀ **humiliate** 同 disgrace, mortify	v. [hjuˈmɪlɪˌet] ◀ We felt humiliated by their scornful remarks.	動 羞辱，使丟臉，恥辱 我們為他們那些嘲諷的話而感到屈辱。

記憶心法 hum表示「低下」，iliate表示「使…」的動詞字尾，合併起來是有「侮辱，屈辱」之意。

◀ hydrocarbon

n. [ˈhaɪdrəˈkɑrbən]
◀ Do you know what "hydrocarbon" is?

名【化】碳氫化合物
你知道什麼是「碳氫化合物」嗎？

> **記憶心法** hydr是hydrogen（氫），carbon表示「碳」，合併起來是「碳氫化合物」之意。

◀ hypothesis
回 assumption, theory

n. [haɪˈpɑθəsɪs]
◀ Science continued to throw up discoveries which further borne out the hypothesis.

名 假設，假說
科學不斷地提供新的發現，從而進一步證實了這個假說的正確性。

> **記憶心法** hypo表「在…下面」，thesis表「論點」，合起來是「非真正的論點」，引申為「假說」。

◀ identify
回 recognize, distinguish

v. [aɪˈdɛntəˌfaɪ]
◀ We can not identify happiness with wealth.

動 識別，鑑定，認明
我們不能把幸福和財富混為一談。

> **記憶心法** ident表示「相同」，fy是動詞字尾，合併起來是「等同，視為同一」，引申為「識別，鑑定」之意。

◀ immigrant
回 foreigner, stranger
反 emigrant

n. [ˈɪməgrənt]
◀ The United States has many immigrants from all over the world.

名 移民，僑民
美國有許多來自世界各地的移民。

> **記憶心法** im表示「入」，migr表示「遷移」，ant表示「人」，合併起來是「外來移民」之意。

單字・同反義字	音標・例句	字義・中譯
◀ **immune** 同 exempt, resistant	a. [ɪˈmjun] ◀ He seems to be immune to criticism from his new boss.	形 免除的，免疫的 他似乎不受新上司的批評影響。
記憶 心法	im表「不，非」，mun表示「公共的」，合併起來是「非公共的」，引申為「免疫的，免除的」之意。	
◀ **imperil** 同 jeopardize, risk	v. [ɪmˈpɛrəl] ◀ Water pollution will imperil marine life.	動 使陷於危險中，危及 水質污染將危及海洋生物。
記憶 心法	im表示「進入」，peril表示「危險」，合併起來是「使陷於危險中，危及」之意。	
◀ **impose** 同 charge, burden 反 free, deprive	v. [ɪmˈpoz] ◀ The present task was imposed on him.	動 加上，課征，強迫，徵收（稅款） 目前的任務是強加在他身上的。
記憶 心法	im表示「進入」，pos表示「放」，合併起來是「放進去」，引申為「強加於，強迫」之意。	

第五週第五天 (Week 5 — Day 5)

26
MP3

單字・同反義字	音標・例句	字義・中譯
◀ **impunity**	n. [ɪmˈpjunətɪ] ◀ One cannot break the law with impunity.	名 （懲罰、損失等）的免除 一個人不可能違了法而不受懲罰。

記憶心法 im表示「沒有」，pun表示「使…痛苦，懲罰」，ity是名詞字尾，合併起來，便有「不受處罰」之意。		
◀ income 回 receipts, returns 反 outgo, expense	n. ['ɪnˌkʌm] ◀ John lives beyond his incomes.	名 收入，收益，所得 約翰的花費超出他的收入。
記憶心法 in表示「置於某狀態或條件中」，come表示「走近，來」，合併起來是「進來的東西」，引申為「收入」之意。		
◀ increase 回 add, enlarge 反 decrease, diminish	v. [ɪn'kris] ◀ The government has recently increased taxation.	動 增加，增長，繁殖 政府最近又增加了稅收。
反 decrease, subtraction	n. ['ɪnkris] ◀ There was a steady increase in population.	名 增加，增長，繁殖 人口不斷增長中。
記憶心法 in具有「加強意義」，cre表示「增加，創造」，合併起來便有「增加，增長，繁殖」之意。		
◀ indicate 回 demonstrate, imply	v. ['ɪndəket] ◀ He has indicated that he may resign next year.	動 指出，象徵，表示 他表示明年可能辭職。
記憶心法 in表示「向」，dic表示「說、宣告」，ate表示「使」，原意是「向…顯示」引申為「指示，指出，表示」之意。		

◀ indifferent

回 disinterested, cool
反 interested

a. [ɪnˈdɪfrənt]

◀ Your manner was always very indifferent.

形 不感興趣的,冷淡的

你的態度總是很冷淡。

> **記憶心法** in表「否定」,dif表「分離」,fer表「攜帶」,ent表「處於…狀態的」,原意是「不認為有任何差異的」,引申為「不感興趣的」之意。

◀ industry

回 business, commerce

n. [ˈɪndəstrɪ]

◀ ① At recent years, the electronic industry is developing on a large scale.

◀ ② Their success was due to their industry.

名 工業,勤勉,孜孜不倦

① 近年來,電子工業正大規模地發展著。

② 因為勤勉,他們獲得了成功。

> **記憶心法** indu表示「內」,str表示「堆積」,y是名詞字尾,合併起來是「不斷向內堆積」,引申為「勤勉,孜孜不倦」。

◀ infatuated

a. [ɪnˈfætʃʊˌetɪd]

◀ Those infatuated fans stalked the celebrity madly.

形 入迷的

那些著了迷的崇拜者瘋狂地跟蹤這位名人。

> **記憶心法** infatuate表「使糊塗、使著迷」,ed是表「…的」的形容詞字尾,合起來是「入迷的」之意。

◀ inflation

反 deflation

n. [ɪnˈfleʃən]

◀ The government still did nothing to curb inflation.

名 通貨膨脹,充氣

政府仍然沒有採取任何措施遏止通貨膨脹。

記憶心法	in表「向內」，flat表「吹」，ion表「過程或結果」，原意是「向內吹氣」，引申為「通貨膨脹，充氣」之意。	

◀ informed source	[ɪnˈfɔrmd][sors] ◀ He has secret channels of informed sources.	名 消息來源 他有秘密的消息來源。

記憶心法	informed表「消息靈通」，其中in表「入內」，form表「形狀」；source表「來源」。	

◀ infuse 回 instill, inculcate	v [ɪnˈfjuz] ◀ This will infuse new life into the troops.	動 將…注入，灌輸 這將給軍隊注入新的活力。

記憶心法	in表「進入」，fuse表「流進去」，引申為「灌輸」之意。	

◀ inherit 回 accede, come into	v. [ɪnˈhɛrɪt] ◀ This government has inherited many nasty problems from the previous one.	動 繼承，從前任接過（某事物） 上屆政府遺留給政府很多難以解決的問題。

記憶心法	in表示「加強」，herit表示「繼承，遺傳，傳給」，合併起來，便有「繼承」之意。	

◀ initial 回 beginning, primary	a. [ɪˈnɪʃəl] ◀ My initial reaction was one of shock.	形 開始的，最初的 我最初的反應是震驚。

記憶心法	in表「入，內」，it表「走」，ial表「…的」，合併起來是「使進入的」，引伸為「開始的，最初的」之意。

◀ inject	v. [ɪn'dʒɛkt]	動 注射
回 fill; insert; infuse	◀ The doctor is injecting him with a new drug.	醫生正為他注射新藥。

記憶心法	in表示「入」，ject表示「投，發射」，合併起來，便有「投入，注射」之意。

◀ insider	n. [ɪn'saɪdɚ]	名 局內人，圈內人
	◀ My White House insiders tell me that President Bush is trying to decide whether or not to pardon Amy Fisher, now jailed in an upstate penitentiary.	白宮內線消息人士告訴我，布希總統正在考慮是否應該特赦正在監獄服刑的埃米·費歇爾。

記憶心法	in表示「內」，sid表示「坐」，er表示「人」，合併起來是「坐在內部的人」，引伸為「局內人，圈內人」。

◀ insist	v. [ɪn'sɪst]	動 堅持，強調
回 demand, maintain	◀ They still insist on being present.	他們仍然堅持出席。

記憶心法	in表「裡面」，sist表「站」，合起來是「站在裏面」，引申為「堅持」之意。

第六週第一天 (Week 6 — Day 1)

27 MP3

單字・同反義字	音標・例句	字義・中譯
◀ **inspect** 回 examine, observe 反 blind	v. [ɪnˈspɛkt] ◀ He has inspected each repair of the car himself.	動 檢查，審查 他已親自察看過那輛車每一處修理過的地方。

記憶心法 in表「在內，向內」，spect表「觀察，看」，合併起來是「向內察看」，引申為「檢查，審查」。

◀ **institution** 回 formation, foundation	n. [ˌɪnstəˈtuʃən] ◀ A trustee is also a member of managing business affairs of an institution.	名 公共團體，機構 理事也是機構管理營運事務中的成員。

記憶心法 in表「進入」，stitute表「建立、放」，ion是名詞字尾，合起來是「建立進去」，引申為「建立，設立」。

◀ **insurance**	n. [ɪnˈʃʊrəns] ◀ She has worked in insurance for many years.	名 保險，保險業 她從事保險業已經有好多年了。

記憶心法 insure表「投保」，ance是名詞字尾，合併起來便有「保險，保險業」之意。

◀ **intake** 同 entry, input 反 outlet	n. [ˈɪn,tek] ◀ This year's intake seems to be excellent.	名 引入口，通風口，吸收 今年新招入的人看來十分出色。
記憶心法	in表示「在…之內」，take表「吸入、吸收」，合起來是「吸入」之意。	

◀ **interactive**	a. [ˌɪntəˈæktɪv] ◀ Its true character can be seen in its interactive potential.	形 相互作用的 它的真正特性能夠在其相互作用的潛力方面表現出來。
記憶心法	inter表「相互，在…之間」，act表「做」，ive表「…的」，合併起來便有「相互作用的」之意。	

◀ **interest** 同 portion, premium	n. [ˈɪntərɪst] ◀ He borrowed the money at 3% interest.	名 利息，利益 他以三厘利息借了那筆錢。
記憶心法	inter表「在…之間」，est表「在…之間參加」，引申為「興趣、關心」。	

◀ **intergovernmental**	a. [ˌɪntəˌɡʌvənˈmɛntl] ◀ Intergovernmental relations are often swathed in secrecy.	形 政府間的 政府間的關係常常是秘而不宣的。
記憶心法	inter表「相互，在…之間」，government表「政府」，al表「…的」，合併起來，便有「政府間的」之意。	

| ◀ **intervention**
回 intercession | n. [ˌɪntɚˈvɛnʃən]
◀ Your untimely intervention irritated me. | 名 插入，介入，調停，斡旋
你那不合時宜的干涉使我很生氣。 |

記憶心法　inter表「在…中間」，vent表「來、走向」，ion表「行為、結果」，原意是「走到…之間的行為」，引申為「插入，介入」。

| ◀ **interweave**
回 intertwine, lace | v. [ˈɪntɚˈwiv]
◀ Don't interweave truth with fiction. | 動 使交織，使混雜
不要把真實與虛構混在一起。 |

記憶心法　inter表「在…間，相互」，weave表「編織，組合」，合併起來便有「使交織，使混雜」之意。

| ◀ **invalidate**
回 annul, nullify
反 validate | v. [ɪnˈvæləˌdet]
◀ The making of false statements could invalidate the contract. | 動 使無效力，證明無效
提供不實的聲明可能使合約無效力。 |

記憶心法　in表「不」，val表「力量、價值」，id表「有…特性」，ate表「使成為」，合併起來便有「使無效」之意。

| ◀ **inventory**
回 collection, list | n. [ˈɪnvəˌtorɪ]
◀ Several stores were closed for inventory for five days. | 名 詳細目錄，存貨，財產清冊
那幾家商店因盤貨暫停營業五天。 |

記憶心法　in表「入內」，vent表「來、走向」，ory表「起…作用的東西」，原意是「進入帳目的東西」，引申為「存貨清單、盤存」之意。

◀ **investigation** 🔁 inquiry	n. [ɪnˌvɛstəˈgeʃən] ◀ The government made an investigation of the employment in the private sector.	名 研究，調查 政府對私營部門的就業情況進行調查。

記憶 心法	作調查是make/conduct/carry out an investigation。

◀ **invincible** 🔁 unconquerable	a. [ɪnˈvɪnsəbl] ◀ The young female manager has an invincible will.	形 無敵的，無法征服的，不屈不撓的 那位年輕的女經理有著不屈不撓的意志。

記憶 心法	in表「不」，vinc表「征服」，ible表「可…的」，合併起來便有「不可征服的，無敵的」之意。

◀ **irrigation**	n. [ˌɪrəˈgeʃən] ◀ They used the money to set up an irrigation project.	名 灌溉 他們把錢用在興建灌溉工程上。

記憶 心法	來自irrigate（灌溉）的名詞形式，ion是名詞字尾，因此便有「灌溉」之意。

◀ **issue** 🔁 topic, subject	n. [ˈɪʃʊ] ◀ They refused to address the economic issues.	名 問題，議題 他們拒絕對談經濟議題。

記憶 心法	issue（問題）可與tissue（面紙、紙巾）同步記憶：減少tissue的使用是本次會議的重要issue。

28
MP3

第六週第二天 (Week 6 — Day 2)

單字・同反義字	音標・例句	字義・中譯
◀ jail	n. [dʒel] ◀ Several prisoners tried to break out of the jail.	名 監獄，拘留所，監禁 有幾名囚犯試圖逃離監獄。
	v. [dʒel] ◀ The thief was jailed for three months.	動 監禁，拘留 那名小偷被監禁了三個月。

記憶心法　jail的諧音是「劫歐」，聯想記憶：他因為搶劫歐洲人而被關進監獄。

| ◀ judicial
同 judicious, objective | a. [dʒuˈdɪʃəl]
◀ The employees decided to take judicial proceedings against the company. | 形 司法的，公正的，審判上的
員工們決定對公司正式提起司法訴訟。 |

記憶心法　judic表「法官、審判」，ial表「屬於…的」，合起來是「司法的、法官的」。

| ◀ jury | n. [ˈdʒʊrɪ]
◀ The jury finally reached a decision that the accused was guilty. | 名 陪審團
陪審團最後做出被告有罪的裁決。 |

記憶心法　jur表「法律」，y表「全體」，原意是「執行法律的全體人員」，引申為「陪審團」。

◀ **kinetic**
回 energizing

a. [kɪ'nɛtɪk]
◀ What is kinetic energy? It is the energy arising from motion.

形 運動的
什麼是動能?動能就是由於運動而產生的能量。

記憶心法 kinet表「動」,jc是形容詞字尾,表「…的」,合起來是「運動的」之意。

◀ **labor law**

ph.['lebɚ][lɔ]
◀ You should comply with the labor law.

片 勞工法
你應遵守勞工法。

記憶心法 組合詞記憶:labor(勞工、勞方),law(法,法律),合起來是「勞工法」。

◀ **lament**
回 mourn, sorrow
反 rejoice

v. [lə'ment]
◀ She lamented having lost her parents.

動 哀悼,悲痛,痛哭
她因失去雙親而哀傷。

記憶心法 lament(悲痛)可與lame(跛腳的)同步記憶:lame的人更不可lament。

◀ **landscape**
回 scene, outlook

n. ['lænd,skep]
◀ The landscape here was grey and stark.

名 風景,景色,景致,風景畫
這裏的景色灰暗而荒涼。

記憶心法 land表示「陸地」,scape表示「風景」,合起來是「風景、景色、景致」。

◀ **larceny**
回 robbery

n.['lɑrsṇɪ]

◀ A youth was tried in the criminal court for larceny.

名 竊盜，竊盜罪
一個青年因竊盜罪在刑事庭受審。

記憶心法 larceny的諧音是「拉神你」。

◀ **layoff**
回 dismissal

n. ['le,ɔf]

◀ The firm's stock prices broke when it suddenly announced layoffs.

名 臨時解雇，停止活動，停工
當那家公司突然宣布裁員時，公司的股票價格便大跌。

記憶心法 layoff的諧音是「累喔服」，聯想記憶：他常喊累喔，而且又不服主管指示，因此遭到公司解雇。

◀ **leak**
回 drip, dribble

v. [lik]

◀ Was it you that leaked this to the press?

動 漏，洩漏
是你把這件事洩露給新聞界的嗎？

記憶心法 leak（洩漏）可與lean（倚靠、傾斜）同步記憶：她lean在他肩上leak公司的商業機密。

◀ **lease**
回 rent, let, hire

v. [lis]

◀ Our company will lease out property.

動 出租，租出，租得
我們的公司要出租房屋。

記憶心法 lease（出租）可與leave（離開）同步記憶：房東將房子lease我，然後就leave了。

◀ legal

回 lawful, legitimate

a. ['lig!]

◀ We should take legal safeguards against fraud.

形 合法的，法律的

我們應採取合法的保護措施，制止詐騙活動。

記憶心法 leg表「法」，al表「…的」，合併起來便有「合法的，法律的」之意。

◀ legislate

回 enact, make laws

v. ['lɛdʒɪs,let]

◀ It has been proved necessary to legislate for the preservation of nature.

動 立法，制定（或通過）法律

立法保護自然已被證實是必須的。

記憶心法 legis表「法律」，late表「放」，合起來是「放出法律」，引申為「制定法律」。

◀ levy

回 collect, gather

v. ['lɛvɪ]

◀ The government must levy a fine on the factories for polluting the air with smoke.

動 徵收，徵集，強加某事物

政府必須對以煙塵污染空氣的工廠徵收罰金。

記憶心法 lev表「升起、增加」，y是名詞字尾，合併起來是「把稅收起來」，引申為「徵稅」。

◀ liberalization

n. [,lɪbərəlaɪ'zeʃən]

◀ Glasnost has entered the international vocabulary as a catchword for a general liberalization of Soviet society.

名 自由化，自由主義化

公開性作為蘇維埃社會普遍自由化的時髦語已進入了國際語彙。

記憶心法 liber表「自由」，al表「具有…特性的」，ize表「使成為」，ation表「行為」，合併起來便有「自由化，自由主義化」之意。

第六週第三天 (Week 6 — Day 3)

單字·同反義字	音標·例句	字義·中譯
◀ **liberalize**	v. [ˈlɪbərəlˌaɪz] ◀ Most people all agree that there is a move to liberalize literature and the arts.	**動** 使自由化 大多數人都認為文學與藝術有自由化的動向。

記憶心法　liber表「自由」，al表「具有…特性的」，ize表「使成為」，合併起來便有「使自由化」之意。

◀ **life cycle**	ph. [laɪf][ˈsaɪkl̩] ◀ Plankton remains free-swimming through all stages of its life cycle.	**片** 生命周期，盛衰周期 浮游生物在其生命週期的所有階段可自由游動。

記憶心法　life表示「生命」；cycle表示「周期」。

◀ **lightweight**	a. [ˈlaɪtˌwet] ◀ He is only a lightweight intellect.	**形** 無足輕重的，沒有影響力的 他只不過是一個無足輕重的知識份子。

記憶心法　light表「輕，不重」，weight表「重量」，合併起來，便有「重量輕的」之意。

◀ **listless** 同 lifeless, sluggish	a. [ˈlɪstlɪs] ◀ Heat makes us feel listless.	**形** 無精打采的，無聊的 炎熱使我們感到無精打采。

記憶心法	list表「渴望」，less表「無、沒有」，合起來是「無渴望的」，引申為「無精打采的」意思。

◀ **litigate** 回 sue	v. [ˈlɪtəˌget] ◀ The workers decided to litigate the company.	動 就…爭訟，訴訟 工人們決定對公司提起訴訟。

記憶心法	litigate的動詞三態為：litigate；litigated；litigated。

◀ **loan** 回 accommodation 反 debt	n. [lon] ◀ A loan of money would help them out of their predicament.	名 貸款，暫借，借出 只需一筆貸款就能幫他們擺脫困境。

記憶心法	貸款是make a loan；銀行貸款是bank loan。

◀ **long-term strategy**	ph. [ˈlɔŋˌtɝm][ˈstrætədʒ] ◀ We must formulate a long-term strategy.	片 長期的策略 我們必須制定一個長期的策略。

記憶心法	long-term表示「長期的」，strategy表示「戰略，策略」，合起來是「長期的策略」。

◀ **lucrative** 回 profitable	a. [ˈlukrətɪv] ◀ My friend is reaching after a more lucrative situation.	形 賺錢的，有利可圖的 我的朋友正在謀求一個較有利可圖的情況。

記憶心法	lucre表示「錢財」，ative表「…的」，合起來是「賺錢的」。	

| **◀ maim**
回 disable, mutilate | v. [mem]
◀ He was maimed in a traffic accident. | 動 使殘廢，使受重傷
他在一次交通事故中成了殘廢。 |

記憶心法	maim（使殘廢）可與main（主要的）同步記憶。	

| **◀ majority**
回 heading, title | n. [məˈdʒɔrətɪ]
◀ Tom had a large majority over the other party at the last election. | 名 多數，大多數
在上次的選舉中湯姆以懸殊的票數擊敗了對手。 |

記憶心法	major表示「大多數的」，ity是名詞字尾，合起來是「大多數」。	

| **◀ malign**
shander, defame,
■ smear | v. [məˈlaɪn]
◀ She always likes to malign others. | 動 誹謗，中傷
她老愛誹謗別人。 |

記憶心法	mali表「惡、壞」，gn表「出生」，合併起來，原意是「生來就具有壞品性」，引申為「中傷，誹謗」。	

| **◀ malpractice**
回 dishonesty, vice | n. [mælˈpræktɪs]
◀ Various malpractices by them were brought to light by the enquiry. | 名 不法行為，營私舞弊，誤診
他們的各種不法行為經調查已揭露出來。 |

記憶心法	mal表「壞，不」，practice表「實行，習慣」，合併起來便有「不法行為，怠忽職守，營私舞弊」等意思。

◀ **management**

回 leadership
反 obedience

n. [ˈmænɪdʒmənt]

◀ He introduced advanced methods of management in this company.

名 管理，經營，管理部門

他為本公司引進了先進的管理方法。

記憶心法	manage表「管理，經營」，ment是名詞字尾，合併起來便有「管理，經營」之意。

◀ **manhunt**

n. [ˈmænˌhʌnt]

◀ The police will launch a massive manhunt in this area.

名 搜索，追捕

警方將對這一地區進行大規模搜捕。

記憶心法	man表「人」，hunt表「打獵、搜尋、搜索」，合起來是「搜捕逃犯」，引申為「搜尋、追捕」。

◀ **mar**

回 blemish, damage
反 cure, heal

v. [mɑr]

◀ His reputation was marred by a newspaper article alleging he had taken bribes.

動 毀損，損傷，玷污

報紙上一篇文章說他受賄，他的聲譽因此受到傷害。

記憶心法	mar（毀損、損傷）可與Mars（火星）同步記憶。

◀ **market**

回 store, shop

n. [ˈmɑrkɪt]

◀ The sales manager wants to open up new markets in the foreign countries.

名 市場，交易，推銷地區

銷售經理想在國外開闢新的市場。

單字・同反義字	音標・例句	字義・中譯

v. [ˈmɑrkɪt]

◀ If your products are marketed, they should sell very well.

動 在市場上銷售

如果把你的產品放到市場上銷售，銷路應該很好。

記憶心法 下跌股市是bear market；上揚股市是bull market。

30 MP3　第六週第四天 (Week 6 ─ Day 4)

單字・同反義字	音標・例句	字義・中譯
◀ **market share**	ph.[ˈmɑrkɪt][ʃɛr]　◀ We hope our new products can increase our market share.	**片** 市場占有率，市場份額　我們希望我們的新產品能增加我們的市場占有率。

記憶心法 Market表「市場」，share表「份額」，合起來是「市場份額」。

| ◀ **mass production** | ph. [mæs][prəˈdʌkʃən]　◀ The car will soon go into mass production. | **片** 大量生產　這種小汽車不久即可投入大量生產。 |

記憶心法 組合詞記憶：mass（大規模的）+ production（生產）→大量生產。

| ◀ **measles** | n. [ˈmizl̩z]　◀ When you are suffering from measles, you have red spots on your skin. | **名** 麻疹　當你患麻疹時，在皮膚上會有紅點。 |

◀ **Medicaid**

n. ['mɛdɪkˌed]

◀ Congress wasn't off base when it required that every poor child be covered by Medicaid.

名 醫療補助計畫

國會在要求醫療補助計畫應包含每位貧窮兒童時,並未置身事外。

記憶心法 medic表「醫學院學生」,aid表「補助」,因此引申為「醫療補助計畫」。

◀ **Medicare**

n. ['mɛdɪˌkɛr]

◀ The standard American job, with a 40-hour workweek, Medicare and a pension at age 65, is on the wane.

名 醫療保險計畫

每週工作40小時,有醫療保險,並且65歲可領退休金的標準美國工作越來越少。

記憶心法 medic表「醫學院學生」,care表「照顧」,因此引申為「醫療保險計畫」。

◀ **mellow**

同 mature, ripe

a. ['mɛlo]

◀ I was feeling comfortable after I'd had two glasses of mellow wine.

形 醇香的,柔美的,老練的

我喝了兩杯香醇的葡萄酒後,頓覺得很舒服。

記憶心法 mel表「蜂蜜、甜美之物」,low表「小的、淺的」,因此引申為「醇香的,柔美的」。

◀ **merchant**

同 businessman
反 customer

n. ['mɝtʃənt]

◀ His family members were all famous tea merchants.

名 商人

他的家族成員都是有名的茶葉商。

記憶心法 merc表「貿易、商業」,ant表「…的人或事物」,合併起來便有「商人」之意。

◀ **merger**
回 merging, unification

n. [ˈmɝdʒɚ]
◀ The board was pressured into agreeing to a merger.

名 合併，聯合
董事會被迫同意將公司合併。

記憶心法 merge表「合併」，er名詞字尾，合併起來便有「合併，吞沒」之意。

◀ **message**
回 word, dispatch

n. [ˈmɛsɪdʒ]
◀ We've got the message to say that the meeting has been postponed.

名 消息，資訊
我們得到消息說，會議已經延期了。

記憶心法 message的中文諧音是「沒戲劇」，同步聯想：大家都收到今晚沒戲劇的消息。

◀ **microscope**

n. [ˈmaɪkrəˌskop]
◀ The microscope can magnify the object 100 times.

名 顯微鏡
這台顯微鏡能將物體放大一百倍。

記憶心法 micro表「微小」，scop表「看」，合併起來便有「顯微鏡」之意。

◀ **minimum wage**

n. [ˈmɪnəməm][wedʒ]
◀ We've decided to negotiate with the employers about our minimum wage claim.

名 最低工資
我們決定就最低工資問題與雇主談判。

記憶心法 組合詞記憶：minimum（最低的、最小的）＋wage（工資）→最低工資。

| ◀ mishap | n. ['mɪs'hæp] | 名 災禍,不幸 |
| 同 accident, mischance | ◀ My whole day's work has been put out of gear by that mishap. | 我一天的工作全讓這倒楣的事給弄亂了。 |

| 記憶心法 | mis表「壞」，hap表「運氣」，合起來就是「災禍、不幸」。 |

| ◀ missing | a. ['mɪsɪŋ] | 形 漏掉的，失去的，失蹤的 |
| 同 lacking, lost | ◀ I am looking for the missing document. | 我正在尋找那份遺失的文件。 |

| 記憶心法 | miss表「遺漏」，ing作形容詞字尾，合併起來便有「漏掉的，失去的」等意思。 |

31 第六週第五天 (Week 6 — Day 5)
MP3

單字・同反義字	音標・例句	字義・中譯
◀ mock 同 imitate, ridicule	v. [mɑk] ◀ Although he failed, it was wrong to mock his efforts.	動 嘲弄,模仿,輕視 雖然他失敗了,但是嘲笑他的努力是不對的。
	a. [mɑk] ◀ She often opens her eyes wide in mock disbelief.	形 模擬的,假裝的 她常常睜大眼睛假裝不相信。

| | n. [mɑk] | 名 嘲笑，戲弄，模仿 |
| | ◀ He said it merely in mock. | 他完全用嘲諷的口氣說話。 |

記憶心法 mock的中文諧音是「馬克」，同步聯想：馬克喜歡嘲弄別人。

| ◀ molecule | n. [ˈmɑləˌkjul] | 名 分子，微小顆粒 |
| 同 atom, ion | ◀ There are many molecules flying in the air. | 空氣中有許多小顆粒在飛舞。 |

記憶心法 mol表「堆」，cule是表「小」的名詞字尾，合併起來就是「小的東西」，引申為「分子，微小顆粒」。

| ◀ monarchy | n. [ˈmɑnɚkɪ] | 名 君主政體，君主政治 |
| 同 kingdom, majesty | ◀ They are staunch supporters of the monarchy. | 他們是君主制的堅定擁護者。 |

記憶心法 mon表「一」，arch表「首領，統治」，y是名詞字尾，合併起來便有「君主政體，君主政治」之意。

| ◀ monolithic | a. [ˌmɑnəˈlɪθɪk] | 形 獨塊巨石的，整體的，龐大的 |
| | ◀ There is a monolithic sculpture in the far distance. | 遠處有個獨塊巨石的雕塑。 |

記憶心法 mono表（單個），lith表（石頭），ic是形容詞字尾，合起來是「獨塊巨石的」。

| ◀ **morbid**
 同 unhealthy | a. [ˈmɔbɪd]
 ◀ He has a morbid liking for horrors. | 形 病態的，不正常的
 他對恐怖片有一種病態的喜愛。 |

| 記憶 心法 | morb表（病），id表「…的」，合起來是「病態的」之意。 |

| ◀ **mortgage**
 同 obligate, pledge
 反 borrow, debit | v. [ˈmɔrgɪdʒ]
 ◀ He will have to mortgage his house for a loan. | 動 抵押
 他必須抵押房子來申請貸款。 |

| 同 guaranty, pledge
 反 credit, debt | n. [ˈmɔrgɪdʒ]
 ◀ You must pay off the mortgage at the end of this year. | 名 抵押（借款）
 你必須在年底付清抵押借款。 |

| 記憶 心法 | mort表「死亡」，gage表「抵押品」，因此引申為「抵押借款」。 |

| ◀ **mourn**
 同 grieve, lament | v. [morn]
 ◀ Many people wore crapes to mourn our leader. | 動 哀悼，憂傷，服喪
 許多人戴著黑紗哀悼我們的領導人。 |

| 記憶 心法 | mourn原意是「記憶」，引申為「悲痛，哀悼」。 |

◀ **multiply** 回 increase, advance	v. [ˈmʌltəplaɪ] ◀ The problems we face have multiplied since last year.	動 繁殖,乘,增加 自去年以來我們所面臨的問題增多了。

記憶心法　multi表「多數」，ply表「折疊」，合併起來便有「增加，繁殖」之意。

◀ **muscle** 回 brawn, strength 反 weakness	n. [ˈmʌsl̩] ◀ They develop their arm muscles by playing tennis.	名 肌肉,體力,力量 他們透過打網球來鍛鍊手臂的肌肉。

◀ **national** 回 domestic 反 international	a. [ˈnæʃənl̩] ◀ The national news will come after the international news.	形 國家的,民族的 國內新聞將在國際新聞之後報導。

記憶心法　nation表「國家，民族」，al表「⋯的」，合併起來便有「國家的，民族的」之意。

◀ **nationalism**	n. [ˈnæʃənlɪzəm] ◀ Damascus is the fount of modern Arab nationalism.	名 民族主義,國家主義 大馬士革是現代阿拉伯民族主義的源泉。

記憶心法　national表「國家的，民族的」，ism表「⋯主義」，合併起來便有「民族主義，國家主義」之意。

◀ nationalization

n. [ˈnæʃənləˈzeʃən]

◀ Some people favor private enterprise rather than nationalization.

名 國有化，歸化

一些人贊成民營企業而反對國有化。

記憶心法 nationalize作動詞，表「國有化」，ation是名詞字尾，合併起來便有「國有化」之意。

◀ natural selection

n. [ˈnætʃərəl][səˈlɛkʃən]

◀ A systematic long-term change of this kind suggests the action of natural selection.

名 自然選擇，物競天擇說

這種長期的系統變化說明物競天擇說的作用。

記憶心法 組合詞記憶：natural（自然的）+selection（選擇）→自然選擇。

◀ neglect

同 ignore, disregard

v. [nɪgˈlɛkt]

◀ She was severely criticized by her manager for neglecting her duty.

動 疏忽，忽視，不顧

她因怠忽職守而受到經理的嚴屬批評。

記憶心法 neg表「否定，無」，lect表「選擇，聚集，收集」，合併起來是「不經選擇」，引申為「忽略，疏忽」。

◀ neighborhood

同 vicinity, district
反 remoteness

n. [ˈnebəˌhʊd]

◀ You'll find the firm in the neighborhood.

名 附近，鄰近

你會在附近找到這家公司。

記憶心法 neighbor表「鄰居」，hood名詞字尾，合併起來便有「附近，鄰近」之意。

第七週第一天 (Week 7 — Day 1)

32 MP3

單字・同反義字	音標・例句	字義・中譯
◀ **neurotic** 同 disturbed, mental	a. [njʊˈrɑtɪk] ◀ He is a bit neurotic.	形 神經病的，神經過敏的 他有點神經質。

記憶心法 neuro表「神經」，tic表「…的」，合併起來便有「神經病的，神經過敏的」之意。

◀ **news flash**	ph. [njuz][flæʃ] ◀ We now interrupt this program to bring you a special news flash.	片 新聞快訊 我們現在中斷節目，為你們播放一條特別的新聞快訊。

記憶心法 news表示「新聞，消息」，flash是「簡短的電訊，新聞快報」，合起來便有「新聞快訊」之意。

◀ **nostalgia**	a. [nɑsˈtældʒɪə] ◀ Her article is pervaded by nostalgia for a past age.	形 對往事的懷戀，懷舊 她的文章充滿了懷舊之情。

記憶心法 nost表「家」，alg表「痛」，ia是名詞字尾，引申為「懷舊」之意。

◀ **nurture** 同 rear, foster, train	v. [ˈnɝtʃɚ] ◀ Most vegetables in winter are nurtured in the greenhouse.	動 養育，培育，教養 冬天的大多數蔬菜都是在溫室裡培育的。

記憶心法	nurt表「養育」，ure可為名詞或動詞字尾，合併起來便有「養育，培養」之意。

◀ **nutrition** 同 food, nourishment	n. [njuˈtrɪʃən] ◀ The child has grown weaker and weaker because of his poor nutrition.	名 營養，滋養 那個孩子因為營養不良，身體越來越虛弱。

記憶心法	nutri表示「哺乳，養育，滋養」，ition是名詞字尾，合併起來便有「營養，滋養」之意。

◀ **obfuscate** 同 shade, darken	v. [ɑbˈfʌsket] ◀ He always obfuscates the real issues with petty details.	動 使困惑，使迷惑 他老是以枝微末節來混淆實質問題。

記憶心法	ob表「走向」，fusc表「黑暗、糊塗」，ate是動詞字尾，合併起來便有「使困惑，使迷惑」之意。

◀ **obscure** 同 indistinct, unclear 反 clear, obvious	a. [əbˈskjʊr] ◀ The classical poem is full of obscure literary allusions.	形 模糊的，含糊不清的，晦澀的 這首古典詩作裡用了很多晦澀的文學典故。
	v. [əbˈskjʊr] ◀ The main theme of his article is obscured by frequent digression.	動 使難理解，混淆 他的文章主題不明確，常離題。

記憶心法	ob表「在¡K之上」，scrue表示「遮蓋、覆蓋」，合併起來便有「遮掩、使變暗」之意。

◀ obsessed
回 absorbed

a. [əb'sɛst]
◀ Those people are obsessed by fear of unemployment.

形 著迷的，一門心思的
那些人被失業的恐懼所困擾。

記憶心法 ob表「在…上」，sess表「坐」，合併起來是「坐在…上」，引申為「纏住、迷住」。

◀ obvious
回 apparent

a. ['ɑbvɪəs]
◀ It is obvious that she is very nervous right from the start.

形 明顯的，顯而易見的
顯然，她從一開始就十分緊張。

記憶心法 ob表「道路」，ous形容詞字尾，表「…的」，合併起來是「擺在路上的」，引申為「明顯的，顯而易見的」。

◀ occupy
回 fill

v. ['ɑkjə,paɪ]
◀ Working occupies most of my free time.

動 占領，占據，占
工作占去了我大部分的空閒時間。

記憶心法 oc表「在…之上」，cupy表「持、拿」，引申為「占，占有」。

◀ office
回 workplace

n. ['ɔfɪs]
◀ My office is on the twelfth floor.

名 辦公室
我的辦公室在十二樓。

記憶心法 off表「不上班」，ice表「冰」，聯想記憶：即使off，我還是想到office吃ice。

◀ **oligarchy** 反 polyarchy	n. [ˈɑlɪ‚grɑrk] ◀ The oligarchy is government by the rich.	名 寡頭政治 寡頭政治是富有者的政府。
記憶心法	olig表「少」，archy表「統治」，合起來是「少數人統治」，引申為「寡頭統治」。	
◀ **operator**	n. [ˈɑpə‚retə] ◀ You can dial 100 for the operator.	名 接線生 你可以撥100找接線生。
記憶心法	operate 表「動手術、操作」，or表「…人」，合併起來便有「操作人員、接線生」之意。	
◀ **opposite** 同 contrary, reverse 反 same, identical	a. [ˈɑpəzɪt] ◀ We have opposite views on this problem.	形 相反 的，對立的 在這個問題上我們持相反的觀點。
同 reverse, contrary	n. [ˈɑpəzɪt] ◀ His view is the very opposite of mine.	名 對立面，對立物 他的看法正好與我的相反。
記憶心法	op表「相反 、反 對」，site表「地點、位置」，合併起來便有「對立面、對立物」之意。	

第七週第二天 (Week 7 — Day 2)

33 MP3

單字‧同反義字	音標‧例句	字義‧中譯
◀ **orbit** 同 circle, revolution	n. [ˈɔrbɪt] ◀ Their orbits did not touch, although they knew each other.	名 軌道，勢力範圍，生活常規 他們雖然相互認識，但各有各的生活圈子。
	v. [ˈɔrbɪt] ◀ Look! The plane is orbiting over the field of the airport.	動 環繞軌道運行 看！飛機在繞機場盤旋。
記憶心法	or表示「或者」，bit表示「一點點」，聯想記憶：不管是偏離orbit很多，or只有bit都不行。	
◀ **order** 同 arrangement 反 disorder	n. [ˈɔrdɚ] ◀ A delivery van has brought your grocery order.	名 訂購，訂貨，次序，順序 送貨車已把你訂購的食品雜貨送來了。
同 command	v. [ˈɔrdɚ] ◀ He ordered us off the property.	動 命令，訂購 他命令我們別碰這些財產。
記憶心法	order的中文諧音是「歐的」，聯想記憶：這些貨是歐洲人訂購的。	

◀ **organism**

n. [ˈɔrgənˌɪzəm]

◀ Society is a large and complicated organism.

名 生物體，有機體

社會是一個大而複雜的有機體。

> 記憶心法 organ表「器官」，ism是名詞字尾，合併起來便有「有機體」之意。

◀ **organize**

v. [ˈɔrgəˌnaɪz]

◀ You had better organize your thoughts before speaking.

動 組織，使有機化，給予生機

你們最好在說話之前先組織思路。

> 記憶心法 organ表「機構、機關」，ize是動詞字尾，合併起來是「使機構有秩序」，引申為「組織，創辦」。

◀ **outcome**

同 result, consequence
反 cause

n. [ˈaʊtˌkʌm]

◀ What was the outcome of your discussion?

名 結果，成果

你們討論的結果如何？

> 記憶心法 out表「向外、外出」，come表「來」，引申為「結果、結局」之意。

◀ **output**

同 product, production

n. [ˈaʊtˌpʊt]

◀ We must increase our output to meet consumers' demand.

名 產出，產量，輸出

我們必須提高產量以滿足消費者的需求。

> 記憶心法 out表「出」，put表「放、產」，合併起來便有「產出，產量，輸出」之意。

◀ outweigh

回 surpass, exceed

v. [aʊtˈwe]

◀ With us, honesty outweighs wealth.

動 比…重要，優於…，勝過…

對我們來說，誠實比財富重要。

記憶心法 out表示「超過」，weigh表示「重」，合併起來就是「在重量上超過，在價值上超過」的意思。

◀ overcome

回 conquer, defeat
反 submit, surrender

v. [ˌovɚˈkʌm]

◀ We have to overcome all the difficult problems in our life.

動 戰勝，克服

我們必須克服生活中遇到的所有難題。

記憶心法 over表「在…之上」，come表「來」，合併起來就是「來到上面」，引申為「戰勝」之意。

◀ overdraw

回 amplify

v. [ˈovɚˈdrɔ]

◀ Oh, no! My bank account is overdrawn.

動 誇大，誇張，透支

哦，糟了！我的銀行帳戶透支了。

記憶心法 over表「過度、過多」，draw表示「拉」，引申為「誇大，誇張」之意。

◀ overflow

回 spill, inundate, run

v. [ˌovɚˈflo]

◀ The crowd overflowed the theater.

動 從…中溢出，使某處容納不下

戲院裡人多得容納不下。

記憶心法 over表「過度」，flow表「流」，合併起來便有「使外溢、溢出、流出」之意。

◀ **overpopulation**

n. [,ovɚ,pɑpjəˈleʃən]

◀ There are problems of overpopulation in parts of India.

名 人口過剩

印度的某些地區有人口過剩的問題。

| 記憶心法 | over表「過度」，population表「人口」，合併起來便有「人口過剩」之意。 |

◀ **overt**

同 observable
反 covert

a. [oˈvɝt]

◀ The argument boiled over into overt war.

形 公開的，非秘密的

爭論演變成了公開的論戰。

| 記憶心法 | o表「出」，vert表「轉」，合併起來是「轉出來」，引申為「公開的」之意。 |

◀ **overwhelm**

同 overturn, submerge

v. [,ovɚˈhwɛlm]

◀ Their presence so overwhelmed me that I could hardly talk.

動 壓倒，控制，使不知所措

他們的出席使我困窘得幾乎說不出話來。

| 記憶心法 | over表「顛倒，倒轉」，whelm 表示「蓋」，合併起來便有「打翻，傾覆，覆蓋，壓倒」之意。 |

◀ **oxygen**

n. [ˈɑksədʒən]

◀ Oxygen is essential to all forms of life.

名 氧，氧氣

氧氣是一切生命所不可缺少的。

| 記憶心法 | 氧氣面罩是oxygen mask。 |

單字·同反義字	音標·例句	字義·中譯

◀ **pacify**
回 appease, placate
反 anger, irritate

v. [ˈpæsəˌfaɪ]
◀ Even a written apology failed to pacify the indignant hostess.

動 使安靜，撫慰
連書面道歉都無法安撫這位憤怒的女主人。

記憶心法 pac表「和平、平靜」，ify是動詞字尾，表「使得、變成」，合併起來便有「使安靜，撫慰」之意。

34
MP3

第七週第三天 (Week 7 — Day 3)

單字·同反義字	音標·例句	字義·中譯

◀ **pact**
回 agreement, contract

n. [pækt]
◀ A non-aggression pact has been signed between the two countries.

名 協定，條約
兩國間簽訂了互不侵犯的協定。

記憶心法 pact表示「固定」，引申為「協定」之意。

◀ **palpable**
回 perceptible, patent

a. [ˈpælpəbl]
◀ It was palpable to everyone that he disliked the idea.

形 可觸知的，明顯的
他不喜歡這個主意是顯而易見的。

記憶心法 palp表示「接觸，觸摸」，able表示「有能力的」，合併起來構成「摸得到的」，引申為「明顯的」之意。

◀ **paltry**
回 trivial, unimportant

v. [ˈpɔltrɪ]
◀ It's paltry for you to do this job.

形 無價值的，微不足道的
你做這件工作是毫無價值的。

| 記憶心法 | pal表「朋友、夥伴」，try表「嘗試」，聯想記憶：我的朋友嘗試做微不足道的工作。 |

| ◀ **panacea** | n. [͵pænəˋsɪə] ◀ I want to tell you that there's no single panacea for the country's economic ills. | 名 萬靈藥 我要告訴你們的是國家經濟弊病百出，並無萬靈藥可以醫治。 |

| 記憶心法 | pan表「全」，acea表「治療」，合併起來是「完全治癒」，引申為「萬靈藥」之意。 |

| ◀ **paparazzo** | n. [͵pɑpəˋrɑtso] ◀ He is a paparazzo who doggedly pursues celebrities to take candid pictures for sale to magazines and newspapers. | 名 狗仔隊 他是狗仔隊，不停地跟蹤名人，以偷攝一些照片賣給雜誌和報紙。 |

| 記憶心法 | paparazzo的複數形是paparazzi。 |

| ◀ **paraphrase** 同 translate | v. [ˋpærə͵frez] ◀ Can you paraphrase the old poem in modern English? | 動 將…釋義或意譯，改述 你能用現代英語譯述這首古詩嗎？ |

| 記憶心法 | para表「接近、相似」，phrase表「用言語表達」，合併起來是「用短語表達相近的意思」，因此便有「將…釋義，改述」之意。 |

◀ **patent**	a. [ˈpætṇt]	形 特許的，專利的，顯著的
同 apparent, evident	◀ It was patent to anyone that he was lying.	誰都知道他在撒謊。
同 trademark, licence	n. [ˈpætṇt]	名 專利權，執照，專利品
	◀ I have taken out the patent on my design.	我已經取得這項設計的專利權。

記憶心法 pat表「公開」，ent表「…的」，合起來是「公開的」，引申為「顯然的」之意。

◀ **patronage**	n. [ˈpetrənɪdʒ]	名 贊助，惠顧，保護
同 assistance, snobbery	◀ The festival is under the patronage of several large firms.	這一慶祝活動得到了幾家大公司的贊助。

記憶心法 patron表「贊助人」，age是名詞字尾，合起來是「贊助」之意。

◀ **payment**	n. [ˈpemənt]	名 付款，支付，報酬，償還
同 remuneration, fee	◀ He received a large payment yesterday.	他昨天得到一大筆錢。

記憶心法 pay表「支付、交納、給予」，ment是名詞字尾，合起來是「付款，支付，報酬」之意。

penalty
回 fine, punishment

n. [ˈpɛnl̩tɪ]

◄ It is part of the contract that there is a penalty for late delivery.

名 處罰，罰款
合約中有延遲交貨的懲罰規定。

記憶心法 penal表「受刑罰的、刑事的」，ty是名詞字尾，合起來是「處罰、罰款」之意。

penetrate
回 pierce, enter

v. [ˈpɛnəˌtret]

◄ I soon penetrated his disguise.

動 穿透，滲透，看穿，洞察
我很快看穿他的偽裝。

記憶心法 pen表「全部」，etr表「進入」，ate是動詞字尾，合起來是「全部進入」，引申為「刺穿」之意。

per capita

ph. [pɚˈkæpɪtə]

◄ With enormous oil revenues, the country has one of the highest per capita incomes in the world.

片 每人的，按人頭計算的
該國因為有大量的石油收入，所以每人的收入成為世界上最高的國家之一。

記憶心法 per 表「每、每一」，capita表「人」，合起來便有「每人的，按人頭計算的」。

performance

n. [pɚˈfɔrməns]

◄ The customer was impressed by the car's performance.

名 性能，技能，本事
客戶對這輛車的性能很滿意。

記憶心法 perform表「運轉、行動、表現」，ance是名詞字尾，引申為「性能，技能，本事」之意。

單字·同反義字	音標·例句	字義·中譯
◀ **perpetrate** 回 commit	v. [ˈpɝpəˌtret] ◀ One cannot perpetrate a swindle with impunity.	動 做壞事，犯罪 一個人不可能做壞事而不受懲罰。

記憶心法：perpetrate的動詞三態是：perpetrate；perpetrated；perpetrated。

35
MP3

第七週第四天 (Week 7 — Day 4)

單字·同反義字	音標·例句	字義·中譯
◀ **perspective** 回 prospect, horizon	n. [pɚˈspɛktɪv] ◀ It is useful occasionally to look back on the past to gain a perspective on the future.	名 觀點，看法，遠景，展望 偶爾回顧過去有助於展望未來。

記憶心法：per表「自始至終、貫穿、完全」，spect表「觀察、看」，ive作名詞字尾，引申為「看法，遠景，展望」之意。

| ◀ **peruse**
回 read carefully | v. [pəˈruz]
◀ He perused the document before signing it. | 動 細讀，閱讀
他在簽署文件前，先仔細閱讀了一遍。 |

記憶心法：per表「每」，use表「使用」，聯想記憶：他每次使用儀器前都會先詳細閱讀使用說明書。

| ◀ **petition**
回 appeal | v. [pəˈtɪʃən]
◀ We petitioned for a pardon but were refused. | 動 請願，請求
我們請求赦免但被拒絕了。 |

回 request, prayer	n. [pə'tɪʃən] ◀ Three thousand people signed the petition.	名 請願書，申請書，祈求 三千人在請願書上簽了名。

記憶 心法	pet表「尋求」，ition是名詞字尾，合起來是「尋求幫助」，引申為「請求，請願」之意。

◀ phony

回 bogus 反 real	a. ['fonɪ] ◀ She received a phony check.	形 假的，欺騙的 她收到一張假支票。

回 counterfeit	n. ['fonɪ] ◀ How could you believe in this phony?	名 贗品，騙人的東西，騙子 你怎麼能相信那個騙子？

記憶 心法	phony可與phone同步記憶：這支phone不旦貴，而且還是phony。

◀ pickpocket

回 cutpurse, dip	n. ['pɪk͵pɑkɪt] ◀ The pickpocket failed to run away.	名 扒手 那個扒手沒有逃掉。

記憶 心法	pick意為「摘、挖」，pocket意為「口袋」，合起來是「在別人口袋裡掏東西」，那便是「扒手」了。

◀ pious

回 devout 反 impious	a. ['paɪəs] ◀ His grandma was a pious Christian.	形 虔誠的，好心的 他的奶奶是位虔誠的基督徒。

記憶心法	pious的中文諧音是「拍耳絲」，聯想記憶：他真是好心的人，拍掉我耳朵上的蜘蛛絲。

◀ **piracy** 回 plagiarism	n. ['paɪrəsɪ] ◀ This newspaper reported the latest news on the anti-piracy movement.	名 剽竊，著作權侵害，盜印 這份報紙報導了反盜版運動的最近消息。

記憶心法	來自動詞pirate，意為「盜印、盜版」，變成名詞piracy就有「剽竊，著作權侵害，盜印」的意思。

◀ **plagiarize** 回 pirate	v. ['pledʒə,raɪz] ◀ Most parts of the book are plagiarized.	動 抄襲，剽竊 該書的大部分都是抄襲的。

記憶心法	plagiar表「斜的」，ize是動詞字尾，合起來是「做壞事」，因此便有「抄襲、剽竊」之意。

◀ **plant** 回 implant, engraft	v. [plænt] ◀ They planted a lot of trees in this area.	動 種植，播種，安插 他們在該地區種了很多樹。
回 flora, works, factory	n. [plænt] ◀ He works in a steel plant.	名 植物，農作物，工廠 他在一家鋼鐵廠工作。

記憶心法	聯想記憶：可拆為plan（計畫）+ t（可看作tree樹）→計畫種樹→種植。

◀ plea bargain

回 plea bargaining

n. [pli'bɑrgɪn]

◀ It's said that the prisoner made a plea bargain for mercy.

名 認罪辯訴協議

據說那個囚犯為了懇求寬恕而做認罪辯訴協議。

| 記憶心法 | plea表「懇求」，bargain表「合同、契約」，合起來是「懇求契約」，引申為「認罪辯訴協議」。 |

◀ pneumonia

n. [nu'monjə]

◀ Last night John's father died of pneumonia.

名 肺炎

昨晚約翰的父親死於肺炎。

| 記憶心法 | pneumonic表「肺的、肺炎的」，a作名詞字尾，合起來便是「肺炎」。 |

◀ ponder

回 think over

v. ['pɑndɚ]

◀ Judy pondered on what her boyfriend had said.

動 仔細考慮，衡量

朱蒂仔細考慮男友所說的話。

| 記憶心法 | pond表「池塘」，er表「人」，聯想記憶：他在考慮是否跳入池塘救人。 |

◀ portly

回 fat, stout
反 thin

a. ['pɔrtlɪ]

◀ Tom became portly as he grew older.

形 肥胖的，莊嚴的

隨著年齡的增長，湯姆發胖了。

| 記憶心法 | port表「拿」，ly在此為形容詞字尾，合起來是「拿不動的」，引申為「肥胖的、莊嚴的」之意。 |

單字・同反義字	音標・例句	字義・中譯
◀ **positive** 回 certain, confident 反 negative	a. [ˈpɑzətɪv] ◀ People should have a positive attitude towards life.	形 確實的，積極的，正的 人們應該對生活持有積極的態度。

記憶心法	posit表「安置」，ive在此為形容詞字尾，合起來是「安置的」，引申為「確實的、積極的」之意。

◀ **pre-emptive**	a. [priˈɛmptɪv] ◀ The US says it is prepared to launch a pre-emptive strike with nuclear weapons if it is threatened.	形 優先購買的，先發制人的 美國說如果受到威脅，將發射核武器先發制人。

記憶心法	pre表「預先」，empt 表「買」，合起來是「優先購買的、先發制人的」。

◀ **predominate** 回 dominate, rule	v. [prɪˈdɑməˌnet] ◀ Sunny days predominate over rainy days in desert regions.	動 掌握，控制，成為主流 在沙漠地帶，大晴天在天數上超越下雨天。

記憶心法	pre表「預先」，dominate表「統治」，合起來便有「掌握、控制」之意。

36 MP3

第七週第五天 (Week 7 — Day 5)

單字・同反義字	音標・例句	字義・中譯
◀ **prejudice** 回 preconception	n. [ˈprɛdʒədɪs] ◀ ①As a judge, he must be free from prejudice. ◀ ②He should not have a prejudice against his women employees.	名 偏見，成見 ① 作為一名法官，必須秉除成見。 ② 他不應對女性職員存有偏見。

記憶心法	pre表「預先」，judice表「判斷」，合併起來構成「預先判斷」，引申為「偏見」。	

| ◀ **preoccupy** 回 absorb, engross | v. [prɪˈɑkjəˌpaɪ] ◀ ① Our seats have been preoccupied. ◀ ② Health worries preoccupied his mind. | 動 搶先占據，搶先佔有，使入神 ① 我們的座位已被人家先占了。 ② 他的心中老是擔憂健康狀況。 |

記憶心法	pre表「先」，occupy表「占有」，合併起來便有「搶先占據，搶先占有」之意。	

| ◀ **prescribe** 回 assign, command | v. [prɪˈskraɪb] ◀ Do what the regulations prescribe. | 動 指示，規定，處方，開藥 請按照條文規定行事。 |

記憶心法	pre表「先」，scribe表「寫」，合併起來是「先寫好」，引申為「處方、開藥」之意。	

| ◀ **present** 反 absent, past, future | a. [ˈprɛznt] ◀ There were three hundred people present at the meeting in total. | 形 現在的，出席的 總共有三百人出席會議。 |
| | n. [ˈprɛznt] ◀ We should learn from the past, experience the present and hope for success in the future. | 名 現在 我們應學習過去，體驗現在，並希望在未來成功。 |

| | v. [prɛˈznt] ◀ Allow me to present Mr. Smith to you. | 動 頒發，提出，介紹 讓我介紹史密斯先生給你認識。 |

| 記憶心法 | present的動詞三態是：present；presented；presented。 |

| ◀ preserve 同 perpetuate, protect | v.[prɪˈzɝv] ◀ He feels it is difficult to preserve his self-respect in that job. | 動 保存，保護，保持 他覺得做那樣的工作很難保持自尊。 |

| 記憶心法 | pre表「先」，serv表「留心、看守」，合併起來便有「保存、保護、保持」之意。 |

| ◀ press release | ph. [prɛs][rɪˈlis] ◀ Today our company sent out a press release about the launch of the new car. | 片 新聞稿 我們公司今天發出新車發表的新聞稿。 |

| 記憶心法 | press「報刊、新聞界、通訊社」，release「發布」，合起來便有「新聞稿」之意。 |

| ◀ pretend 同 act, feign, bluff | v. [prɪˈtɛnd] ◀ He pretended to cooperate with us. | 動 假扮，裝作，假裝，裝扮 他假裝與我們合作。 |

| 記憶心法 | pre表「先」，tend表「傾向、易於」，引申為「假扮，裝作」之意。 |

| ◀ **preventive** | a. [prɪˈvɛntɪv] ◀ We should take preventive measures as soon as possible. | 形 預防的，防止的 我們必須盡快採取 預防的措施。 |

記憶心法 prevent表「防止」，ive表「…的」，合起來便有「預防的，防止的」之意。

| ◀ **prime rate** | ph. [praɪ][ret] ◀ Someone says that the prime rate will soon be lowered. | 片 最優惠利率，基本利率 有人說不久會調降最優惠利率。 |

記憶心法 prime表「最初的、基本的」，rate表「率、比率」，合起來引申為「最優惠利率或基本利率」。

| ◀ **principal** 同 chief, main, dominant | a. [ˈprɪnsəpl̩] ◀ Now, their principal problem is lack of time. | 形 主要的，首要的 現在，他們的主要問題就是缺少時間。 |

記憶心法 prin表「首先、第一」，cip表「拿」，al表「…的」，合併起來構成「拿第一的」，引申為「主要的、首要的」之意。

| ◀ **pristine** 同 original, virgin | a. [ˈprɪstɪn] ◀ The spring of water entirely lost the deliciousness of its pristine quality. | 形 原始的，清新的，純樸的 水源完全失去了它原始特性的甘甜。 |

◀ **probe**
回 trial, test

n. [prob]

◀ The police are working on a probe into suspected drug dealing.

名 刺探，探索，徹底調查

員警正在對可疑的毒品交易進行調查。

記憶心法 pro表「職業的」，be表「成為」，聯想記憶：成為調查弊案的職業警察是他的夢想。

◀ **procrastinate**

回 postpone, defer

v. [pro'kræstə,net]

◀ They procrastinated their return.

動 拖延，耽擱

他們耽擱了歸期。

記憶心法 pro表「向前」，crastin表「明天」，ate是動詞字尾，合併起來是「直到明天再做」，引申為「拖延」之意。

◀ **produce**
回 make, generate
反 consume

v. [prə'dus]

◀ These factories mainly produce rubber.

動 生產，產生，製作

這些工廠主要是生產橡膠。

記憶心法 pro表「向前」，duc表「引導」，合併起來是「向前引」，引申為「製出、產生出」之意。

◀ **productivity**
回 fertility, fruitfulness

n. [,prodʌk'tɪvətɪ]

◀ All the workers of the factory are trying their best to increase productivity.

名 生產力，生產率

這家工廠的所有工人們正竭盡全力提高生產力。

記憶心法 produce表「生產、產生」，tivity是名詞字尾，引申為「生產力、生產率」之意。

◀ **profile**
回 portrait, outline

n. ['profaɪl]

◀ The company is trying to keep a low profile on this issue.

名 輪廓，外形，形象
那家公司試圖在這個問題上保持低姿態。

記憶心法
pro表「前面」，file表「線條」，合起來是「前部的線條」，引申為「外形、輪廓」之意。

輕鬆一下 Let's take a break

You got what you pay for.
一分錢一分貨。

A friend is best found in adversity.
患難見真情。

You are never too old to learn.
活到老，學到老。

	第八週第一天 (Week 8 ─ Day 1)	
37 MP3		
單字・同反義字	音標・例句	字義・中譯
◀ **profit** 回 gain, benefit 反 loss	n. [ˈprɑfɪt] ◀ I think there is very little profit in selling newspapers.	名 益處，利潤 我覺得賣報紙的利潤很少。
	v. [ˈprɑfɪt] ◀ I have learned to profit by my mistakes.	動 得益，有益於，對 …有好處 我學會了從自己的錯誤中獲益。
◀ **prohibit** 回 forbid, ban	v. [prəˈhɪbɪt] ◀ Smoking is prohibited here.	動 禁止，阻止 這裡禁止吸菸。
記憶 心法	pro表示「前、在前」，hibit表示「持、拿住」，合併起來是「提前拿住」，引申為「禁止、阻止」。	
◀ **prolific** 回 fertile, fruitful	a. [prəˈlɪfɪk] ◀ This year is a prolific period in the writer's life.	形 多產的，多育的，豐富的 今年是這位作家一生中創作多產的一年。
記憶 心法	proli表示「子孫」，fic表示「多…的」，合併起來是「子孫的」，引申為「多產的、豐富的」之意。	

promote

同 encourage, help
反 degrade, demote

v. [prə'mot]
◀ She was promoted manager of the big company.

動 促進，發揚，提升，升級

她晉升為這家大公司的經理。

記憶心法　pro表「向前」，mote表「推動」，合起來是「向前推動」，引申為「促進」之意。

propaganda

同 publicity, promotion

n. [ˌprɑpə'gændə]
◀ It's only a piece of propaganda trumpery.

名 宣傳，宣傳活動

這僅是一篇無聊的宣傳而已。

記憶心法　propaganda（宣傳，宣傳活動）的動詞形是propagate（宣傳、傳播）。

property

同 trait, characteristic

n. ['prɑpətɪ]
◀ Property in the center of the city is becoming more expensive.

名 特性，性能，所有物

市中心的房地產價格越來越貴。

記憶心法　proper表示「本身所有的」，ty是名詞字尾，合併起來便有「特性、性能、所有物」之意。

proselyte

n ['prɑslˌaɪt]
◀ He won some proselytes after hard work of persuasion.

名 改變宗教信仰者

經過一番努力的勸說，他說服了一些人改變信仰。

| 記憶心法 | pros表「靠近」，elyte表「來到」，合起來是「靠近宗教」，引申為「改變宗教信仰者」。 |

| ◀ **protectionism**
反 free trade | n. [prəˈtɛkʃənɪzəm]
◀ They accused rival countries of protectionism. | 名 保護貿易主義，保護貿易制
他們指責對手國家實行貿易保護主義。 |

| 記憶心法 | protection表「保護」，ism表「…主義」，合併起來便有「保護貿易主義」之意。 |

| ◀ **prove**
同 certify, check
反 suppose | v. [pruv]
◀ He has proved himself a competent manager. | 動 實驗，試驗，證實，證明
他證明自己是一位能幹的經理。 |

| 記憶心法 | prove（證實、證明）的名詞形是proof（證明、論證）。 |

| ◀ **provincial** | a. [prəˈvɪnʃəl]
◀ Have you scanned the provincial paper? | 形 省的，州的，地方的
你瀏覽過那份地方報紙了嗎？ |

| 記憶心法 | province表「省」，ial表「…的」，合起來是「省的、地方性的」。 |

| ◀ **psychiatrist** | n. [saɪˈkaɪətrɪst]
◀ He asked a psychiatrist to determine whether she ought to be transferred to hospital on health grounds. | 名 精神病醫師，精神病學家
他詢問精神病醫生是否該基於健康原因將她轉院。 |

記憶心法　psychiatr表示「精神病的」，ist表示「…人」，合併起來便有「精神病醫師」之意。

◀ **publicity**

回 dominate, subjugate
反 object

n. [pʌbˈlɪsətɪ]
◀ There has not been much publicity about this conference.

名 宣傳，推廣，廣告
對這次會議沒有作什　宣傳。

記憶心法　public表示「公眾的、公共的」，ity是名詞字尾，合併起來便有「宣傳、推廣」之意。

◀ **quality control**

n. [ˈkwɑlətɪ] [kənˈtrol]
◀ Disqualified articles are rejected by our quality control.

名 品質管理，品質控制，品管
我們進行品質檢驗時，不合格的產品均予剔除。

記憶心法　qualit表「品質」，control表「控制」，合起來便是「品質控制」之意。

◀ **quote**

回 cite, echo, illustrate

v. [kwot]
◀ He frequently quotes the Bible.

動 引用，引證
他經常引用《聖經》裡的話。

記憶心法　quote的中文諧音是「闊特」，聯想記憶：他引用廣闊特別的知識說服別人。

◀ **radioactivity**

n. [ˈredɪˌoækˈtɪvətɪ]
◀ We must learn to control radioactivity.

名 放射性，放射線
我們必須要學會控制放射線。

| 記憶心法 | radio表示「無線電」，activity表示「活動」，合起來引申為「放射性，放射線」之意。 |

| ◀ **rage**
同 anger, craze | n. [redʒ]
◀ My boss was mad with rage last night. | 名 狂怒，盛怒
我的老闆昨天晚上氣瘋了。 |

| 記憶心法 | rage（狂怒）可與rag（破布）同步記憶：他因為一塊破布而生氣。 |

38 MP3　第八週第二天 (Week 8 ─ Day 2)

單字・同反義字	音標・例句	字義・中譯
◀ **raise** 同 hoist, increase 反 decrease	n. [rez] ◀ Anna wants to ask the boss for a raise.	名 上升，增加 安娜想要求老闆加薪。
同 boost, increase 反 decrease	v. [rez] ◀ It's difficult raising a family on a small income at present.	動 舉起，增加，飼養，種植 如今依靠微薄的收入是很難養家的。

| 記憶心法 | raise可與praise（稱讚）一起記：老闆不只稱讚他，還增加他的薪水。 |

| ◀ **ratify**
同 confirm, approve | v. [ˈrætəˌfaɪ]
◀ The local authorities have ratified the project to develop a substitute for oil. | 動 批准，認可
當地政府已經批准研發石油替代品的專案。 |

| 記憶心法 | rati表示「計算、考慮」，fy表示「做…」，合併起來是「經過考慮而決定做某事」，引申為「批准」之意。 |

◀ raze
回 dismantle, tear
反 build

v. [rez]
◀ That small village was razed to the ground by the bombs.

動 消除，抹去，破壞
炸彈把那個小村落夷為平地。

| 記憶心法 | raze（破壞）可與rape（洗劫）同步記憶：他們raze村落而且rape村民。 |

◀ realize
回 find, achieve
反 unrealize

v. [ˈrɪəˌlaɪz]
◀ Has Dick realized his mistake yet?

動 領悟，瞭解，實現
迪克明白自己所犯的錯誤嗎？

| 記憶心法 | real表示「真實的」，ize表示「使…」，合併起來是「使…成為事實」，因此便有「實現、使成為事實」之意。 |

◀ recede
回 fade, reduce
反 advance, proceed

v. [rɪˈsid]
◀ When the tide receded, the children happily looked for shells.

動 向後退，退卻，減弱
潮水退去，孩子們高興地去尋找貝殼了。

| 記憶心法 | re表「回」，cede表「走」，合起來是「走回去」，引申為「向後退、退卻、減弱」之意。 |

◀ recession
回 depression, slump

n. [rɪˈsɛʃən]
◀ The antiques market here on Sundays is recession.

名 退回，退後，衰退，不景氣
這裡週日的古玩市場不活躍。

| 記憶心法 | recess表「休息、休會」，ion是名詞字尾，合併起來便有「疲軟、衰退」之意。 |

◀ **reconciliation**	n. [ˌrɛkənˌsɪlɪˈeʃən]	名 和解，和好
同 peace, settlement	◀ Betty and William came to reconciliation at last.	貝蒂與威廉最後和好了。
反 quarre		

| 記憶心法 | reconciliation的複數形是reconciliations。 |

| ◀ **recycle** | v. [riˈsaɪkḷ] | 動 再利用，使再循環 |
| 同 reprocess, reuse | ◀ Plastic bottles can be recycled. | 塑膠瓶子可以回收再利用。 |

| 記憶心法 | re表「再」，cycle表「周期、循環」，合起來引申為「再利用、使再循環」。 |

| ◀ **reference** | n. [ˈrɛfərəns] | 名 參考，出處，參照 |
| 同 reference book | ◀ The students should often make a reference to a dictionary. | 學生們應該常參閱字典。 |

| 記憶心法 | refer表「查閱、諮詢、使求助於」，ence是名詞字尾，合起來引申為「參考、出處、參照」。 |

| ◀ **reflect** | v. [rɪˈflɛkt] | 動 反映，歸咎，思考 |
| 同 think over, send back | ◀ The author always reflects on the beauty and complexity of life. | 那位作家的作品經常反映人生的美麗與複雜。 |

記憶心法	re表示「回」，flect表示「彎曲」，合起來引申「反映、歸咎、思考」之意。

◀ **refund** 回 pay back, repay	v. [rɪ'fʌnd] ◀ I took the TV back to the store, and they refunded my money .	動 歸還，償還 我把電視機拿回商店，他們把錢退還給我。
回 repayment	n. ['rɪ,fʌnd] ◀ The shoes do not wear well, but the shop refuses to give me a refund.	名 償還，償還額 那雙鞋不好穿，但商店拒絕退還我的錢。

記憶心法	re 表「重新」，fund表「資金」，合起來引申「歸還、償還」。

◀ **register** 回 enroll, enter 反 annul, obliterate	v. ['rɛdʒɪstɚ] ◀ My friend, who arrived last night, registered at a hotel near the train station.	動 登記，註冊，記錄，流露 我昨晚到達的朋友在靠近火車站的一家旅館登記住宿了。
回 catalogue, record, list	n. ['rɛdʒɪstɚ] ◀ Each class has a register of 25 students.	名 登記，註冊，登記簿 每班有二十五名學生註冊。

記憶心法	re表示「回」，gister表示「記錄」，合併起來便有「登記、註冊」之意。

◀ **regulator** 回 governor	n. [ˈrɛgjəˌletɚ] ◀ British colonies were ruled by regulators.	名 調整者，調整器，管理者 英國的殖民地由管理者控制。
記憶心法	regulate表示「管制、控制、校準」，or表示「…的人」，合起來是「管制的人」，引申為「管理者、調整者、調整器」之意。	
◀ **reign** 回 dominate, rule 反 obey	v. [ren] ◀ Queen Victoria reigned over the UK for more than sixty years.	動 統治，支配 維多利亞女王統治英國長達六十多年。
回 rule	n. [ren] ◀ People need the reign of a wise ruler as he benefits his country.	名 執政，主權，王朝 人民需要賢明統治者的統治，因為他對國家有益。
記憶心法	reign（統治）可與sign（簽署）同步記憶：他reign期間sign許多有益於國家的協定。	
◀ **rekindle** 回 arouse again	v. [riˈkɪndl̩] ◀ The tour seemed to rekindle their love for each other.	動 重新，點燃 這次旅行似乎重新燃起他們彼此之間的愛意。
記憶心法	re表「重新」，kindle表「點燃、引起」，合起來是「重新點燃」之意。	

◀ reliable source	n. [rɪˈlaɪəbl][sors]	名 可靠來源
	◀ I've heard from reliable sources that the company is in trouble.	我從可靠的消息來源獲知，公司正陷入困境。

記憶心法	reliable表示「可靠的」，source表示「來源、消息來源」，合起來便是「可靠來源」之意。

39 MP3 第八週第三天 (Week 8 — Day 3)

單字・同反義字	音標・例句	字義・中譯
◀ **relish** 同 pleasure, flavor 反 disrelish	n. [ˈrɛlɪʃ] ◀ Generally speaking, hunger gives relish to simple food.	名 滋味，愛好，調味品 一般說來，肚子餓時吃什麼都香。
同 enjoy, like, savor 反 disrelish, loathe	v. [ˈrɛlɪʃ] ◀ A dog relishes bones.	動 品味，喜歡，有…味道 狗愛舔骨頭。

記憶心法	把rel看做real（真正的），ish看做fish（魚），同步聯想；他能吃出魚真正的好味道。

◀ **rely** 同 confide, trust, depend 反 distrust	v. [rɪˈlaɪ] ◀ We can't rely on others to help us, and should rely on ourselves firstly.	動 依賴，信賴，指望 我們不可以指望別人來幫助我們，而應該先依靠自己。

記憶心法	rely（指望）可與reply（答覆）一起記：不要rely他會reply你。		

◀ **remedy** 同 medicine, therapy	n. [ˈrɛmədɪ] ◀ At present Keith's illness is beyond remedy.	名 藥物，治療法，治療 目前基思的病無法藥癒。
同 cure, correct, fix	v. [ˈrɛmədɪ] ◀ Aspirin may remedy a headache.	動 治療，矯正，補救，修繕 阿斯匹林可治頭痛。

記憶心法	re表示「再、又」，medy表示「治癒」，合併起來便有「治療、補救」之意。

◀ **remove** 同 eliminate, take away 反 attach, include	v. [rɪˈmuv] ◀ People happily heard that corrupt officials were removed from office.	動 移動，調動，把…免職 人們很高興地聽到那些貪官被免職。

記憶心法	re表示「加強」，move表示「移動、推動」，合起來便有「移走、遷移」之意。

◀ renaissance 同 rebirth, Renascence	n. [ˌrɛnəˈsɑns] ◀ Florence is the shrine of the Renaissance.	名 新生，文藝復興 佛羅倫斯是文藝復興的聖地。

記憶心法	re表「重新」，naiss表「出生」，ance是名詞字尾，合起來引申為「新生、文藝復興」之意。

◀ **renovate** 回 renew, restore	v. [ˈrɛnəˌvet] ◀ They are planning to renovate the school facilities before the new term.	動 更新，革新，刷新 他們計畫在新學期前更新學校的設備。
記憶心法	re表「重新」，nov表「新的」，ate表「使…」，合起來引申為「更新、革新、刷新」。	
◀ **renowned** 回 famous, illustrious	a. [rɪˈnaʊnd] ◀ My father is renowned for his cooking.	形 有名的，有聲譽的 我父親以烹飪見長著稱。
記憶心法	re表「反覆」，nown表「名字」，ed是形容詞字尾，合起來引申為「有名的、有聲譽的」之意。	
◀ **repent** 回 regret, be sorry	v. [rɪˈpɛnt] ◀ Marry in haste, repent at leisure.	動 後悔，懊悔 草率結婚必後悔。
記憶心法	re表示「重新」，pent表示「後悔」，合併起來構成「後悔、懊悔」。	
◀ **report** 回 account	n. [rɪˈport] ◀ Turner got an excellent report last semester.	名 報告，報導，成績單 特納上學期成績出色。
回 describe, account	v. [rɪˈport] ◀ It is reported that fifty men were killed in the car accident.	動 報告，報導，記錄 據報導，有五十人在這次車禍事件中喪生。

記憶心法	re表示「反覆」，port表示「拿、運」，合起來是「某件事被反覆拿起」，因此便有「記錄、報導」等之意。		

◀ **representative** 回 illustration 反 original	n. [ˌrɛprɪˈzɛntətɪv] ◀ The tiger is a common representative of the cat family.	名 典型，代表，眾議員 老虎是典型的貓科動物。
回 delegate 反 misrepresented	a. [ˌrɛprɪˈzɛntətɪv] ◀ Beijing is a representative Chinese city.	形 代表性的，典型的 北京是一個典型的中國城市。

記憶心法	represent表「代表、象徵」，ative是名詞字尾，合起來引申為「典型，代表」。

◀ **reprieve** 回 respite	n. [rɪˈpriv] ◀ Our colleagues and I will get a welcome reprieve from hard work.	名 暫減，緩刑，緩刑令 我和我的同事將得到一個刻苦工作後令人愉快的短暫休息。
回 respite	v. [rɪˈpriv] ◀ The prisoner could now be reprieved.	動 暫減，緩期執行 那名囚犯現在可能被緩刑了。

記憶心法	reprieve的動詞三態為：reprieve; reprieved; reprieved。

◀ **require**	v. [rɪˋkwaɪr]	動 需要，要求，命令
同 need, necessitate	◀ In China, all cars require servicing regularly.	在中國，所有汽車都需要定期檢修。
反 refuse		

記憶心法 re表「反覆」，quir表「尋求」，e是動詞字尾，合併起來便有「需要，要求」之意。

◀ **rescue**	n. [ˋrɛskju]	名 援救，營救
同 release, salvage	◀ Last night storms delayed the rescue of the crash victims.	昨晚暴風雨延誤了對空難遇難者的援救。
反 capture		

同 release, salvage	v. [ˋrɛskju]	動 援救，營救
反 capture	◀ It's reported that police rescued the hostages.	據報導警方已解救了人質。

記憶心法 re表示「重新」，scue可看成secure（獲得），合併起來是「重新獲得失去的東西」，由此引伸為「援救，營救」之意。

◀ **resign**	v. [rɪˋzaɪn]	動 放棄，辭去，辭職
同 give up	◀ Have you heard of John's intention to resign?	你聽到約翰打算辭職的傳聞了嗎？
反 keep, stay		

記憶心法 re表「再」，sign表「記號」，合起來是「再做記號」，引申為「辭職、放棄」之意。

單字・同反義字	音標・例句	字義・中譯
◀ **resistant** 同 opposed, reluctant	a. [rɪ'zɪstənt] ◀ A balanced diet creates a body resistant to disease.	形 抵抗的，反抗的 均衡飲食是有助於增強體內對疾病抵抗力的。

記憶心法 resist表「抵抗、反抗」，ant是形容詞字尾，合起來引申為「抵抗的，反抗的」。

| ◀ **responsible**
同 accountable
反 irresponsible | a. [rɪ'spɑnsəb!]
◀ Smoking is responsible for many cases of lung cancer. | 形 有責任的，負責的
吸菸是許多人患肺癌的致病因素。 |

記憶心法 response表「回答、答覆」，ible是形容詞片語，合起來引申為「有責任的、負責的」。

40 MP3

第八週第四天 (Week 8 — Day 4)

單字・同反義字	音標・例句	字義・中譯
◀ **restrict** 同 confine, limit 反 liberate, free	v. [rɪ'strɪkt] ◀ Fog restricts visibility.	動 限制，限定，約束 霧限制了能見度。

記憶心法 re表「回」，strict表「拉緊」，合起來引申為「限制、限定」。

| ◀ **result**
同 consequence, end
反 cause | n. [rɪ'zʌlt]
◀ In this company, these problems are the result of years of bad management. | 名 結果，成績，答案
這些問題是這家公司多年管理不善的結果。 |

| 反 cause | v. [rɪˈzʌlt]
 ◀ Many people's failures resulted largely from their laziness. | 動 發生，產生，導致
 許多人的失敗主要是懶惰所致。 |

記憶心法 re表示「反覆」，sult表示「跳躍、彈」。合併起來是「彈回來了、有了結果」，引申為「結果、成績、答案」之意。

| ◀ **resurrect**
 同 revive, come to | v. [ˌrɛzəˈrɛkt]
 ◀ Last night the noise from my younger neighbor was enough to resurrect the dead! | 動 使復活，挖出
 昨晚從我的那位年輕鄰居傳來的噪音足能把死人吵醒！ |

記憶心法 re表「再」，sur表「加強」，rect表「直」，原意是「重新豎立起來」，引申為「使復活、使復甦」之意。

| ◀ **retail**
 反 wholesale | n. [ˈritel]
 ◀ Charles sells his fruit by retail. | 名 零售
 查爾斯零售水果。 |
| | v. [ˈritel]
 ◀ The fish retails at $2. | 動 零售，轉述
 這魚的零售價格為兩美元。 |

記憶心法 re表「再」，tail表「切、割」，原意是「一再切分」，引申為「零售」之意。

◀ **retaliate**

回 avenge, revenge
反 forgive

v. [rɪˈtælɪˌet]

◀ The famous author would like to retaliate against those attacks with sarcasm.

動 報復，報仇，回敬

那位名作家喜歡以諷刺的言論回敬那些攻擊。

記憶心法 re表「反」，tali表「邪惡」，ate是動詞字尾，合起來引申為「報復、報仇」。

◀ **retire**

回 abdicate, retreat,
反 remain

v. [rɪˈtaɪr]

◀ My mother retired at the age of fifty-five.

動 退休，隱居

我母親五十五歲時退休了。

記憶心法 re表「再」，tire表「疲勞」，合起來引申為「退休、隱居」。

◀ **retrieve**

回 get back, regain

v. [rɪˈtriv]

◀ This new manager is fighting to retrieve his market share.

動 取回，恢復，收回

這位新經理正在為取回其市占率而奮鬥。

記憶心法 re表「重新」，trieve表「找到」，合起來引申為「取回、恢復」。

◀ **review**

回 inspection, recall

n. [rɪˈvju]

◀ The products are subject to periodic review.

名 回顧，審視，復習

這些產品須定期再檢查。

回 inspect, recall	v. [rɪˈvju] ◀ Students must review their lessons every day.	動 回顧，審視，復習 學生必須每天復習他們的功課。

記憶心法 re表「再」，view表「看」，原意是「重新再看」，引申為「回顧、審視、復習」之意。

◀ **revolution** 回 change, overthrow	n. [ˌrɛvəˈluʃən] ◀ The invention of aircraft caused a revolution in our ways of travel.	名 革命，旋轉，轉數 飛機的發明造成旅行方式的巨大改變。

記憶心法 re表「反覆」，volut表「滾、轉」，ion表「行為」，原意是「形勢的迴轉」，引申為「革命、旋轉」之意。

◀ **rip** 回 rend, cut	v. [rɪp] ◀ My sister asks me to rip the cover off this box.	動 撕裂，扯開 我姐姐要我撕開這個盒蓋。

記憶心法 rip（撕裂）可與ripe（成熟的）一起記：成熟的水果容易裂開。

◀ **robotics**	n. [roˈbɑtɪks] ◀ At present, robotics have changed completely.	名 機器人學 現在的機器人學已經完全改善。

記憶心法 robot表「機器人」，ics表「學術的」，合起來是「機器人學」。

| ◀ **routine**
回 habit | n. [ru'tin]
◀ The old businessman's routine never varies. | 名 例行公事，慣例
那位老商人的日常生活從無變化。 |
| 回 conventional | a. [ru'tin]
◀ Some people say that school life is routine. | 形 日常的，常規的
有人說學校的生活平淡無味。 |

記憶心法　例行公事是daily routine。routine的複數形是routines（慣例）。

| ◀ **sabotage**
回 pleasure, flavor
反 disrelish | n. ['sæbə,taʒ]
◀ Was the crash an accident or an act of sabotage? | 名 陰謀破壞，顛覆活動
這次空難是意外事故還是人為破壞？ |

記憶心法　sabotage的動詞三態為：sabotage，sabotaged，sabotaged。

| ◀ **sacrilegious**
回 blasphemous | a. [,sækrı'lıdʒəs]
◀ His sacrilegious language annoyed those devout Christians. | 形 褻瀆神聖的
他褻瀆神明的言語激怒了那些虔誠的基督徒。 |

記憶心法　sacrilege表「褻瀆聖物」，ious是形容詞字尾，合起來便有「褻瀆神聖的」之意。

◀ **salesman**

回 salesperson, seller
反 customer

n. [ˈselzmən]

◀ Our manager thinks a good salesman must be aggressive if he wants to succeed.

名 售貨員，推銷員

我們的經理認為，要做個好推銷員一定要有幹勁才能成功。

記憶心法	sales表「銷售」，man表「人」，合起來便有「售貨員、推銷員」之意。

◀ **sampling**

回 sample, example

n. [ˈsæmplɪŋ]

◀ The doctor asks his nurse to take a sampling of my blood for tests.

名 採取樣品，試驗樣品

醫生要求護士抽我的血樣品去化驗。

記憶心法	sample表「樣品」，ing是名詞字尾，合起來便有「採取樣品、試驗樣品」之意。

41
MP3

第八週第五天 (Week 8 — Day 5)

單字・同反義字	音標・例句	字義・中譯

◀ **sanitary**

回 wholesome, clean
反 unsanitary, dirty

a. [ˈsænəˌtɛrɪ]

◀ The food was delicious but the kitchen was not very sanitary.

形 衛生的，清潔的

食物很美味，可是廚房環境不太衛生。

記憶心法	sanitary當名詞時的意思為「公共廁所」，複數形是sanitaries。

◀ **saturate**

回 soak, douse
反 dry

v. [ˈsætʃəˌret]

◀ Please saturate the clothes with water before washing them.

動 使飽和，浸透，使充滿

請先把衣服浸透再洗。

記憶心法	satur表示「充滿」，ate表示「使成為」，合併起來便有使「飽和、浸透」之意。		

◀ **scare** 回 fear, alarm 反 peace	n. [skɛr] ◀ Joanna did give her brother a scare, creeping up on him like that!	名 驚恐，恐慌 喬安娜那樣悄悄地過來，真把她弟弟嚇了一大跳！
回 frighten, funk 反 calm	v. [skɛr] ◀ Our dog scared the thief away last night.	動 驚嚇，威嚇，受驚 昨晚我們家的狗把小偷嚇走了。

記憶心法	scare的動詞三態為：scare；scared；scared。

◀ **score** 回 goal, mark	n. [skɔr] ◀ The score was five-three with one minute left in the game.	名 得分，比數，二十 比賽離終場還有一分鐘時，雙方比分為五比三。
回 cut, get, mark	v. [skɔr] ◀ Benson scored the tree with a knife.	動 得分，刻痕於，做記號於 班森用刀子在樹上做記號。

記憶心法	score的動詞三態為：score；scored；scored。

◀ **seclude** 回 isolate, segregate 反 disrelish	n. [sɪ'klud] ◀ Generally speaking, people can't seclude themselves from the world.	動 隔離，隔絕 一般而言，人不能與世隔絕。

記憶心法 se表「分開」，clud表「關閉」，合併起來引申為「隔離、隔絕」之意。

◀ **security system** 回 security measure	n. [sɪ'kjʊrətɪ]['sɪstəm] ◀ The bank's security system needs to be improved.	名 安全系統 這家銀行的安全系統需要改進。

記憶心法 security表「安全」，system表「系統」，合起來便是「安全系統」。

◀ **seismograph**	n. ['saɪzmə,græf] ◀ A seismograph is a handy thing to buy now.	名 地震儀 地震儀現在容易買得到。

記憶心法 seism表「地震」，graph表「圖表、曲線圖」，合起來引申為「地震儀」。

◀ **seizure** 回 capture	n. ['siʒɚ] ◀ Yesterday a seizure of pure heroin was made by customs officials.	名 沒收，(病的)發作 昨天那些走私的純海洛因被海關沒收了。

記憶心法 seizure（發作）的複數形為seizures；心臟病發作是heart seizure。

| ◀ **serve**
回 service, work for
反 disobey, master | v. [sɝv]
◀ My bike has served me well. | 動 服務，招待，可作…用
我那輛自行車對我很有用。 |

| 記憶心法 | serv表示「服務、服侍」，e是動詞字尾，合起來便有「服務、招待」之意。 |

| ◀ **sewage**
回 drainage | n. ['suɪdʒ]
◀ The sewage treatment plant is aging. | 名 髒水，污水
污水處理設備已經老化了。 |

| 記憶心法 | 污物處理場是sewage farm；污水處理場是sewage works。 |

| ◀ **share**
回 apportion
反 entirety, whole | n. [ʃer]
◀ James has done his share of the work. | 名 部分，股份，股票
詹姆士已經做了他分內的工作。 |

| 回 allot, distribute
反 retain, take | v. [ʃer]
◀ Parents should tell their children to share their toys. | 動 分享，分擔，均分
父母應該教育孩子們分享他們的玩具。 |

| 記憶心法 | share可與care一起記：對某人很care（關愛），自然願意與他share（分享）快樂。 |

◀ **shatter** 回 break, crash	v. [ˈʃætɚ] ◀ Last night the explosion shattered all the windows.	動 打碎，破掉 昨晚的爆炸把所有窗戶都震碎了。

| 記憶
心法 | shatter的動詞三態是shatter；shattered；shattered。 | |

◀ **shoot** 回 a new branch 反 a old branch	n. [ʃut] ◀ In early spring, shoots appear on trees.	名 幼苗，射擊，發射，拍攝 早春時節，樹開始冒嫩芽了。
回 hit, film, speed 反 demotivate	v. [ʃut] ◀ The young man shot at the wild duck, and got it.	動 發射，射擊，掠過 那個年輕人對著一隻野鴨開槍，並且打中牠。

| 記憶
心法 | shoot的動詞三態是：shoot；shot；shot。 | |

◀ **shrink** 回 compress, wither 反 confront, expand	v. [ʃrɪŋk] ◀ The demure young lady shrinks from meeting strangers.	動 起皺，收縮，退縮 這位害羞的女士對見陌生人有些畏縮。

| 記憶
心法 | shrink的動詞三態是：shrink；shrank；shrunk。 | |

◀ **side effect**	n. [saɪdɪˈfɛkt] ◀ It's said that this medicine has unpleasant side effects.	名 副作用 據說這種藥物具有令人不舒服的副作用。

記憶心法	side表「旁邊、副的」，effect表「作用」，合起來便是「副作用」。

◀ **simulate** 回 imitate, copy	v. [ˈsɪmjəˌlet] ◀ As we know, some moths simulate dead leaves.	動 假裝，冒充，模仿 據我們瞭解，有些蛾會假裝為為枯葉。

記憶心法	simulate的動詞三態是：simulate；simulated；simulated。

Well begun is half done.
好的開始是成功的一半。

Unpleasant advice is a good medicine.
忠言逆耳。

第九週第一天 (Week 9 — Day 1)

單字・同反義字	音標・例句	字義・中譯
◀ **simulator**	n. [ˈsɪmjəˌletə] ◀ Carpenter is launching an airplane flight simulator on the screen.	**名** 模擬訓練裝置，模仿者 卡彭特正在螢幕上發射一架飛行模擬器。
記憶心法	simulate表「模仿、模擬」，or表「…機」，合起來便是「模擬訓練裝置」之意。	
◀ **skeptical** 同 doubtful 反 believing	a. [ˈskɛptɪkl̩] ◀ Bert is skeptical about everything.	**形** 懷疑的 伯特對於一切事都持懷疑的態度。
記憶心法	skeptical的比較級是more skeptical（更懷疑的），最高級是most skeptical（最懷疑的）。	
◀ **skin** 同 hide, pelt, rind	n. [skɪn] ◀ Leather is made from the skin of animals.	**名** 皮膚，外皮 皮革是用動物的皮做的。
記憶心法	乾燥的皮膚是dry skin；油性皮膚是oily skin。	
◀ **slight** 同 slender, tenuous 反 large	a. [slaɪt] ◀ Our colleagues decided to forgive his slight mistakes.	**形** 輕微的，纖細的 同事們決定原諒他的小錯。

回 cold-shoulder 反 respect	v. [slaɪt] ◀ Mr. Hudson never slights anyone.	動 輕視，忽略 哈德森先生從不輕視任何人。

記憶心法 slight的比較級是more slighter（較輕微的），最高級是most slightest（最微小的）。

◀ **slump** 回 depression, drop	n. [slʌmp] ◀ My grandpa told us there was a serious slump in the 1930s.	名 暴跌，意氣消沈 我爺爺告訴我們20世紀30年代曾發生嚴重的經濟衰退。
回 flop, lower, sag	v. [slʌmp] ◀ Their sales have slumped badly this month.	動 猛然掉落 這個月他們公司的銷售量銳減。

記憶心法 slump的動詞三態是：slump；slumped；slumped。

◀ **snap** 回 snarl, break	v. [ˈsnæp] ◀ Liz's boss is always snapping at his subordinates.	動 猛咬，厲聲責罵 莉斯的老闆總是厲聲責罵部屬。

記憶心法 snap的動詞三態是：snap；snapped；snapped。

◀ **socialism** 反 capitalism	n. [ˈsoʃəlˌɪzəm] ◀ William Morris was one of the early prophets of socialism.	名 社會主義 威廉•莫里斯是社會主義的早期鼓吹者之一。

| 記憶心法 | social表「社會的」，ism表「…的主義」，合起來便是「社會主義」。 |

| ◀ **sociologist** | n. [ˌsosɪˈɑlədʒɪst]
◀ Mr. Marvin is a sociologist who specializes in the problems of cities and urban life. | 名社會學家
馬文先生是位專門研究城市問題和城市生活的社會學家。 |

| 記憶心法 | sociolog表「社會的」，ist表「…的學家」，合起來便是「社會學家」。 |

| ◀ **soil**
同 earth, ground | n. [sɔɪl]
◀ Fertile soil yields good crops. | 名泥土，土地，土壤
肥沃的土壤能種出好作物。 |

| 同 dirty, begrime | v. [sɔɪl]
◀ Charles soiled his hands repairing his car. | 動弄髒，(使)變髒
查爾斯修理汽車時弄髒了手。 |

| 記憶心法 | soil泛指「泥土、土壤」時，是不可數名詞。 |

| ◀ **sole proprietor**
同 owner, employer
反 employee | n. [sol][prəˈpraɪətɚ]
◀ The sole proprietor of a small hotel was formerly a farmer. | 名獨資經營，獨資企業
這家小旅館的唯一老闆原是一位農民。 |

| 記憶心法 | sole表「單獨的、唯一的」，proprietor表「所有者、經營者」，合起來便是「獨資經營、獨資企業」。 |

| ◀ **sound system**
 同 audio system | n. [saʊnd] [ˈsɪstəm]
 ◀ I'll replace the old sound system as soon as possible. | 名 音響系統
 我會盡快把那舊的音響系統換掉。 |

> 記憶心法　sound表「聲音」+system表「系統」，合起來便是「音響系統」。

| ◀ **spacecraft** | n. [ˈspes͵kræft]
 ◀ Spacecraft are vehicles used for flight in outer space. | 名 太空船
 太空船是用於太空飛行的交通工具。 |

> 記憶心法　space表「宇宙、太空」，craft表「船、飛機」，合起來便是「太空船」。

| ◀ **specialize**
 反 generalize | v. [ˈspɛʃəl͵aɪz]
 ◀ My friend specializes in promoting bans on smoking. | 動 特殊化、專攻、專門從事
 我的朋友專門從事推動禁菸。 |

> 記憶心法　spec表「看」，ial表「具有…特性」，ize表「使成為…化」，合起來便是「專攻、專門從事」。

| ◀ **spectacle**
 同 scene, sight | n. [ˈspɛktəkl]
 ◀ I think the display of fireworks on Christmas Eve is a fine spectacle. | 名 光景，眼鏡，奇觀
 我認為耶誕節的煙火真是美妙奇觀。 |

> 記憶心法　spec表「看」，cle表「小、器具」，原意是「看東西的器具」，引申為「光景、眼鏡、奇觀」。

| ◀ **speculate** | v. ['spɛkjə,let] | 動 深思,推測,投機 |
| 回 guess, reflect | ◀ Girls often speculate as to what sort of man she would marry. | 女孩們常常在想將來自己會跟什麼樣的人結婚。 |

| 記憶心法 | speculate的動詞三態是：speculate；speculated；speculated。 |

| ◀ **spillover** | n. ['spɪl,ovɚ] | 名 溢出,過多人口 |
| | ◀ The TV series created spillover interest in the past twenty years. | 在過去二十年,電視連續劇創造了不得了的利潤。 |

| 記憶心法 | spill表「溢出、流出」,over「超過」,引申為「溢出、過多人口」。 |

43
MP3

第九週第二天 (Week 9 — Day 2)

單字・同反義字	音標・例句	字義・中譯
◀ **spin doctor**	n. [spɪn'dɑktɚ]	名 (作粉飾言論的) 輿論導向專家
	◀ It's said that the senator's spin doctors are working overtime to explain away his recent lawsuit.	據說那位參議員的輿論導向專家正在加班解釋他最近的訴訟。

| 記憶心法 | spin表「紡織、旋轉」,doctor表「醫生」,引申為「輿論導向專家」。 |

| ◀ **spoil** | v. [spɔɪl] | 動 損壞,糟蹋,溺愛,寵壞 |
| 回 decay, ruin | ◀ Generally speaking, a fond mother may spoil her child. | 一般來說,溫柔的母親可能會寵壞她的孩子。 |

記憶心法	spoil的動詞三態是：spoil；spoiled；spoiled。	

◀ **sport** 回 athletics, play, fun	n. [spɔrt] ◀ Wrestling is in a twilight zone between sport and entertainment.	名 運動，運動會 摔角是介於運動和娛樂兩者之間的活動。

記憶心法	s表「離開」，port表「攜帶、運載」，原意是「攜帶…離開工作去休閒」，引申為「運動、運動會」。	

◀ **square** 反 roundabout	n. [skwɛr] ◀ 81 is the square of 9.	名 正方形，街區，平方 九的平方是八十一。
回 equitable, fair 反 illegal, round	a. [skwɛr] ◀ The manager asked Carl to get things square.	形 正方形的，正直的，公正的 經理要求卡爾把東西整理好。

記憶心法	square的比較級是more squarer（較公正的），最高級是most squarest（最公正的）。	

◀ **stack** 回 lots, pile	n. [stæk] ◀ Today I have stacks of work waiting to be done.	名 堆，一疊，很多 今天我有很多工作要做。
回 pile, heap	v. [stæk] ◀ Liz is stacking plates in the kitchen.	動 堆積 莉斯在廚房裡把盤子一個個疊起來。

記憶心法	stack的動詞三態是：stack；stacked；stacked。	

◀ **stall**	n. [stɔl]	名 貨攤，託辭
同 booth, stand	◀ Generally speaking, there are traders' stalls on both sides of the street.	一般來說，街道的兩邊都有生意人的貨攤。
同 stop 反 expedite	v. [stɔl] ◀ My boyfriend's car stalled at the roundabout last evening.	動 停頓，使…陷於泥中 昨天傍晚我男友的汽車在圓環處拋錨了。

記憶心法	stall的動詞三態是：stall；stalled；stalled。	

◀ **state-run**	a. [stet rʌn]	形 國營的
	◀ This television station is state-run, but extremely popular.	這家電視台雖是國營的，但很受歡迎。

記憶心法	state表「國家的、國營的」，run表「經營」，合起來便是「國營的」。	

◀ **statutory**	a. [ˈstætʃʊˌtorɪ]	形 法令的，法規的
同 constitutional	◀ Local authorities have a statutory duty to house homeless families.	當地政府負有應為無家可歸的人提供住宿的法律責任。

記憶心法	statute表示「法令，法規」，ory是形容詞字尾，合併起來便有「法令的、法規的」之意。	

◀ **stimulate** 囘 induce, cause 囜 deaden	v. ['stɪmjə,let] ◀ Exercise stimulates the flow of blood.	勔刺激，激勵，鼓舞 運動促進血液流通
記憶 心法	stimulate的動詞三態是：stimulate；stimulated；stimulated。	
◀ **stir** 囘 stimulate, excite 囜 calm, still	v. [stɝ] ◀ The photographs really stirred my memories.	勔攪拌，煽動，鼓動 這些照片的確喚起了 我對往事的回憶。
記憶 心法	stir的動詞三態是：stir；stirred；stirred。	
◀ **stomach** 囘 tummy	n. ['stʌmək] ◀ Swimming on an empty stomach is not good for your health.	名胃，胃口，食欲 空腹游泳對健康有 害。
囘 bear, endure	v. ['stʌmək] ◀ Some people can't stomach seafood.	勔容忍，能吃 有些人不能吃海鮮。
記憶 心法	stomach的複數形是stomachs，「吃飽」是fill the syomach。	

◀ **strangle** 回 smother, hamper	v. [ˈstræŋgl̩] ◀ The hooligan strangled the old woman with a piece of string.	動 勒死，使窒息 那流氓用一根繩子把老婦人勒死了。
記憶心法	strangle的動詞三態是：strangle；strangled；strangled。	
◀ **strategy** 回 maneuver, policy	n. [ˈstrætədʒɪ] ◀ Generally speaking, the essence of any good strategy is simplicity.	名 戰略，戰略學，策略 一般來說，任何優秀戰略的精髓就是簡單。
記憶心法	strategy（策略）的複數形是strategies。	
◀ **strengthen** 回 beef up, fortify 反 enfeeble, weaken	v. [ˈstrɛŋθən] ◀ Last night the wind strengthened.	動 加強，變堅固 昨晚風力加強。
記憶心法	strength表「力量」，en表「使…」，合起來引申為「加強，變堅固」之意。	
◀ **strip** 回 thread, track	n. [strɪp] ◀ Mr. Lee has a garden strip behind his house.	名 長條，條狀 李先生房子後面有一小塊狹長形的園地。

| 回 deprive, take off
反 clothe, invest | v. [strɪp]
◀ In the hot summer, some boys strip to the waist. | 動 脫衣，被剝去，剝奪
在炎熱的夏天，有些男孩打赤膊。 |

記憶心法 strip的動詞三態是：strip；stripped；stripped。

| ◀ **stun**
回 shock, appall | v. [stʌn]
◀ Thomson was stunned by the news of his mother's death. | 動 使昏迷，使驚嚇
湯姆森得知他母親的死訊十分震驚。 |

記憶心法 stun（使昏迷）可與sun（太陽）一起記；人在sun下曬得太久容易暈頭轉向而stun。

| ◀ **submit**
回 present, obey
反 resist | v. [səbˈmɪt]
◀ Christians say they must submit themselves to God's will. | 動 服從，提交，提出
基督徒說他們必須服從上帝的旨意。 |

記憶心法 sub表「底下」，mit表「派、送」，原意是「居於人下」，引申為「服從、提交、提出」之意。

| ◀ **subside**
回 decline, decrease | v. [səbˈsaɪd]
◀ At present the typhoon has begun to subside. | 動 消退，沈降，平息
現在颱風已開始平息下來。 |

記憶心法 sub表「在下」，sid表「坐」，原意是「向下坐」，引申為「消退、沈降、平息」之意。

44
MP3

第九週第三天 (Week 9 ― Day 3)

單字・同反義字	音標・例句	字義・中譯
◀ **subsidiary** 回 assistant, minor 反 major	a. [`səb'sɪdɪ͵ɛrɪ] ◀ The subsidiary company is in Hong Kong but the headquarters is in Australia.	形 輔助的，次要的，補充的 子公司在香港，但公司總部在澳大利亞。
記憶心法	sub表「在下」，sid表「坐」，ary表「起…作用的」，原意是「坐在下方起作用的人或物」，引申為「輔助的、次要的、補充的」之意。	
◀ **substantial** 回 real, actual 反 empty	a. [səb'stænʃəl] ◀ Some think that people and things are substantial; dreams and ghosts are not.	形 真實的，實質上的 有些人認為，人和事物是真實的，夢和鬼魂是虛幻的。
記憶心法	sub表「在下」，sta表「站立」，(a)nt表「處於…狀態」，原意是「外表下面的物質的」，引申為「真實的、實質上的」之意。	
◀ **sufficient** 回 enough, ample 反 insufficient	a. [sə'fɪʃənt] ◀ In order to maintain physical well being, a person should eat wholesome food and get sufficient exercise.	形 足夠的，充分的 為了維持身體健康，人應該吃有益健康的食品，並有足夠的運動。
記憶心法	suf表「進一步」，fic表「做」，ent表「做…動作的」，原意是「進一步做，直到做夠的」，引申為「足夠的、充分的」之意。	

◀ **supermarket**	n. [ˈsupɚˌmɑrkɪt] ◀ I usually buy apples at the nearby supermarket.	名 超級市場 我常在附近的超市買蘋果。

記憶心法 super表「超級的」，market表「市場」，合起來便是「超級市場」。

◀ **supplier** 回 provider	n. [səˈplaɪɚ] ◀ Tomorrow afternoon if the goods we ordered don't arrive, I'll have to chase the supplier down.	名 供給的人，供應商 如果明天下午我們訂的貨物還不到，我就得找出供貨商。

記憶心法 supply表「提供」，er表「與…有關的人」，合起來引申為「供給的人、供給商」。

◀ **suppression** 回 abstinence	n. [səˈprɛʃən] ◀ The suppression of the uprising took a mere two months.	名 壓制，鎮壓，抑制 鎮壓暴動只用了兩個月的時間。

記憶心法 sup表「下」，press表「壓」，ion表「行為」，原意是「壓下去」，引申為「壓制、鎮壓、抑制」之意。

◀ **surge** 回 rush, upsurge 反 fall	n. [sɝdʒ] ◀ Last year there was a surge in the company's profits to $2.2 million.	名 大浪，洶湧，澎湃 去年公司獲利增長額兩百二十萬美元。

同 billow, tide 反 fall	v. [sɝdʒ] ◀ House prices in this area kept surging.	動 洶湧，澎湃 這地區的房價不斷上漲。

記憶心法	sur表「加強」，(re)g表「統治」，e是動詞或名詞字尾，原意是「推動豎起高浪」，引申為「大浪、洶湧、澎湃」之意。

◀ **surgery**	n. [ˈsɝdʒərɪ] ◀ The famous surgeon is preparing for surgery.	名 外科，外科手術 那位著名的外科醫生正在做手術前的準備。

記憶心法	surgery（外科、外科手術）的複數形是surgeries。

◀ **survey** 同 examine, view	n. [ˈsɝve] ◀ Boys under ten are excepted from this survey.	名 俯瞰，調查，測量 這次調查不包括十歲以下的男孩子。
同 review, go over	v. [sɝˈve] ◀ Wendy surveyed herself in a mirror.	動 俯視，全面考察，測量 溫蒂在鏡中端詳自己。

記憶心法	survey（調查）的複數形是surveys。

| ◀ **survive**
回 exist, live
反 die | v. [sɚ'vaɪv]
◀ Camels can survive for many days with no water. | 動 生存，生還
駱駝即使很多天不喝水還是能生存。 |

記憶心法 sur表「超」，viv表「活、生意」，e是動詞字尾，原意是「超越死亡而活下來」，引申為「生存、生還」之意。

| ◀ **suspect**
回 doubt, distrust
反 trust | n. ['sʌspɛkt]
◀ Daniel's a prime suspect in the murder case. | 名 嫌疑犯，可疑分子
丹尼爾是這次謀殺案的主要懷疑犯。 |
| 回 distrust, surmise
反 believe, trust | v. [sə'spɛkt]
◀ Generally speaking, the rabbit suspects danger and runs away. | 動 懷疑，推測
一般來說，兔子意識到危險便逃跑了。 |

記憶心法 sus表「在下」，(s)pect表「看」，原意是「私下看」，引申為「懷疑、猜想」之意。

| ◀ **suspicious**
回 mistrustful, wary
反 trustful | a. [sə'spɪʃəs]
◀ Cathy is suspicious of her boyfriend's intentions. | 形 可疑的，猜疑的
凱茜懷疑她男友的用意。 |

記憶心法 suspicious的比較級是more suspicious（較可疑的）；最高級是most suspicious（最可疑的）。

◀ **sway** 回 rock, careen 反 servility	n. [swe] ◀ The sway of the ferry made Dick feel sick.	名 搖動，影響力 搖晃的渡輪使迪克感到不舒服。
回 affect, shake 反 compel, obey	v. [swe] ◀ The poor Richard is swayed by his friend.	動 使搖動，支配 可憐的理查德受他朋友控制。

記憶心法	sway的動詞三態是：sway；swayed；swayed。

◀ **symbiosis** 回 mutualism	n. [ˌsɪmbaɪˈosɪs] ◀ Raisins and walnuts form a symbiosis that makes an indelible mark on so many recipes.	名 共生，合作關係 葡萄乾與胡桃在許多食譜裡是不可分割、共存的兩種成分。

記憶心法	symbiosis（共生、合作關係）的複數形是symbioses。

◀ **symptom** 回 sign, indication	n. [ˈsɪmptəm] ◀ Common symptoms of diabetes are weight loss and fatigue.	名 症狀，徵兆 糖尿病的一般症狀是體重減輕及疲勞。

記憶心法	symptom（症狀、徵兆）的複數形是symptoms。

第九週第四天 (Week 9 — Day 4)

45 MP3

單字・同反義字	音標・例句	字義・中譯
◀ **tablet** 回 capsule, pad, pill	n. [ˈtæblɪt] ◀ Last night I had a headache, and took two tablets after my meal.	名 藥片，小片，刻寫板 昨晚我頭痛，飯後我服了兩片藥。

記憶心法 tablet（藥片、小片、刻寫板）的複數形是tablets。

| ◀ **tangle**
 回 knot, snarl | n. [ˈtæŋgl]
 ◀ Frank's financial affairs are in such a tangle. | 名 混亂狀態
 弗蘭克的錢財狀況是一團亂。 |
| 回 twist, confuse, mess
 反 disentangle, untangle | v. [ˈtæŋgl]
 ◀ Generally speaking, girls' long hair tangles easily. | 動 糾結，纏結
 一般來說，女孩子的長髮容易纏結。 |

記憶心法 tangle的動詞三態是：tangle；tangled；tangled。

| ◀ **tarnish**
 回 stain | n. [ˈtɑrnɪʃ]
 ◀ His reputation has been tarnished by the scandal. | 名 晦暗，生銹，污點
 醜聞敗壞了他的名譽。 |

回 stain, darken, sully,	v. [ˈtɑrnɪʃ] ◀ Air and moisture tarnish silver.	動 使生銹，沾汙 空氣和濕氣使銀子失去光澤。
記憶心法	tarnish的動詞三態是：tarnish；tarnished；tarnished。	
◀ **tax** 回 taxation	n. [tæks] ◀ There is a large tax on cigarettes in China.	名 稅，負擔 中國對香菸課重稅。
回 burden	v. [tæks] ◀ Generally speaking, reading in a poor light taxes the eye.	動 對…徵稅，使負重擔 一般來說，在光線不好的地方看書會使眼睛很累。
記憶心法	tax（稅、稅金）的複數形是taxes。	
◀ **technology art**	n. [tɛkˈnɑlədʒɪ][ɑrt] ◀ I think the firm has to overcome its resistance to new technology art.	名 科技工藝 我認為這家公司必須克服對採用新科技工藝的阻力。
記憶心法	technology表「科技」，art表「工藝」，合起來便是「科技工藝」。	

◀ **telescope**	n. [ˈtɛləˌskop]	名 望遠鏡
	◀ The young student is too poor to buy an astronomical telescope.	這位年輕學生太窮了，買不起天文望遠鏡。
同 shorten, reduce	v. [ˈtɛləˌskop]	動 套疊，縮短，精簡
	◀ It is difficult for a young teacher to telescope 500 years of history into one lecture.	對一位年輕教師來講，把五百年的歷史濃縮在一堂課中是很困難的。

記憶心法 tele表示「遠」，scope表示「看」，合併起來便有「望遠鏡」之意。

| ◀ **tend** | v. [tɛnd] | 動 有某種的傾向，易於，移向 |
| 同 be apt, incline 反 hinder, refuse | ◀ The girl tends towards selfishness. | 這個女孩有自私自利的傾向。 |

tend的動詞三態是：tend；tended；tended。

| ◀ **terminate** | v. [ˈtɝməˌnet] | 動 停止，結束，終止 |
| 同 stop, cease | ◀ Your contract will terminate next month. | 你的合約將在下個月終止。 |

記憶心法 termin表示「限定、終點」，ate表「使成為」，合併起來便有「限定、終止、結束」之意。

◀ theatrical 回 artificial, dramatic	a. [θɪˈætrɪkl] ◀ Blair has a very theatrical style of speaking.	形 劇場的，誇張的 布萊爾說話非常誇張。

記憶心法 theater表「戲劇」， cal是形容詞字尾，合併起來便有「戲劇的、劇場的、誇張的」之意。

◀ therapy	n. [ˈθɛrəpɪ] ◀ Generally speaking, self-help is an important element in therapy for the handicapped.	名 治療，療法 一般來說，自助自立是治療傷殘人士很重要的一個因素。

記憶心法 therapy（治療、療法）的複數形是therapies。

◀ thrift 回 parsimony 反 waste	n. [θrɪft] ◀ Dennis learned from his mother the virtues of hard work and thrift.	名 節儉，節約 丹尼斯從他母親身上學到苦幹和節儉的美德。

記憶心法 與drift（漂流）一起記：生活中若不thrift點，那麼什麼東西都會輕易地drift而去的。

◀ throng 回 crowd, swarm	n. [θrɔŋ] ◀ The famous movie star had to press through the throng to reach the stage.	名 群眾，眾多 那位著名的影星必須穿過擁擠的人群才能到舞台。

回 congregate, pile	v. [θrɔŋ] ◀ On Christmas Eve the square was thronged with people.	動 擠滿，群集，擠入 平安夜時廣場上擠滿了人。

記憶 心法	throng的動詞三態是：throng；thronged；thronged。

◀ tone 回 timbre, pitch 反 colorlessness	n. [ton] ◀ Mandarin Chinese has four tones.	名 音調，音色，氣氛，語氣 中文有四聲。

記憶 心法	tone（音調、語氣）的複數形是tones。

◀ toss 回 flip, cast, throw	n. [tɔs] ◀ Rosa's decision depended on the toss of a coin.	名 投，扔，拋，搖動 羅莎靠投擲硬幣做決定。

回 flip, cast, throw	v. [tɔs] ◀ I'll toss you for only one armchair.	動 投，扔，拋，使顛簸 我跟你擲硬幣決定誰坐這把扶手椅吧！

記憶 心法	toss的動詞三態是：toss；tossed；tossed。

單字・同反義字	音標・例句	字義・中譯
◀ tout	v. [taʊt] ◀ Taxi drivers are not allowed to tout for business.	動 招徠，極力讚揚 計程車司機不允許招徠生意。

記憶心法 tout的動詞三態是：tout；touted；touted。

單字・同反義字	音標・例句	字義・中譯
◀ trade 回 exchange, deal	n. [tred] ◀ Generally speaking, trade is always good over the Spring Festival period.	名 貿易，交易，行業，交換 一般而言，春節期間生意一向很好。
回 exchange, deal	v. [tred] ◀ Maria trades in cars.	動 交換，做買賣 瑪麗亞經營汽車貿易。

記憶心法 trade的動詞三態是：trade；traded；traded。

第九週第五天 (Week 9 — Day 5)

46 MP3

單字・同反義字	音標・例句	字義・中譯
◀ trade fair	n. [tred][fer] ◀ The trade fair of the year 2007 will be held in Taipei.	名 商品交易會，商展 2007年的商品交易會將在台北舉行。

記憶心法	trade表「貿易、交易」，fair表「展覽會」，合起來便是「商品交易會」。

◀ **trade union**	n. [tred][ˈjunjən]	名 工會
	◀ Burns has never belonged to a trade union.	本斯從未加入過工會！

記憶心法	trade表「行業」，fair表「協會」，合起來便是「工會」。

◀ **transact** 同 deal, manage	v. [trænsˈækt]	動 辦理，交易
	◀ Bruce transacts some business in Beijing.	布魯斯在北京處理一些事務。

記憶心法	trans表「交換」，act表「做」，合起來引申為「交易、辦理」。

◀ **transfusion**	n. [trænsˈfjuʒən]	名 傾注，滲透，輸血
	◀ A blood transfusion saved Albert's life.	輸血救了亞伯特的命。

記憶心法	trans表示「越過」，fus表示「流、傾瀉」，ion作名詞字尾，合併起來便有「傾注，輸血」之意。

◀ **translation** 同 rendering, version 反 misinterpretation	n. [trænsˈleʃən]	名 翻譯，譯文
	◀ I think that a literal translation is not always the closest to the original meaning.	我認為逐字翻譯不一定最接近原義。

記憶心法	trans表「轉移」，lat表「攜帶」，ion表「結果」，原意是「從一種事物帶到另一種事物」，引申為「翻譯」。

◀ **trash** ◻ rubbish, scrap	n. [træʃ] ◀ Generally speaking, people should take out the burnable trash.	名垃圾，拙劣的作品 一般來說，人們應該把可燃垃圾拿到室外去。

記憶心法	trash沒有複數形；其動詞三態是：trash；trashed；trashed。

◀ **traverse** ◻ track, cover, cross	v. ['trævɜs] ◀ It's said an estimated 250,000 cars traverse the bridge daily.	動橫過，銘刻 據說每天有二十五萬輛車穿過這座橋。

記憶心法	tra表「橫」，verse表「轉」，ion表「結果」，合起來引申為「橫過、銘刻」。

◀ **trek** ◻ expedition, trip	n. [trɛk] ◀ It was quite a lonely trek through the forest.	名長途艱苦的旅行 穿越森林是一個相當寂寞艱苦的長途旅行。

◻ trip, travel	v. [trɛk] ◀ This Friday the elevator was broken, so we had to trek up six flights of stairs.	動作長途艱辛的旅行，緩慢前進 週五時電梯壞了，我們不得不慢慢地爬了六段樓梯。

記憶心法	trek動詞三態是：trek；trekked；trekked。

| ◀ trend 回 tendency, direction | n. [trɛnd] ◀ Generally speaking, young people like to follow the latest trends in fashion. | 名 走向,趨勢,時尚 一般來說,年輕人喜好追求最新的流行款式。 |
| | v. [trɛnd] ◀ Recently share prices have been trending upwards. | 動 伸向,趨向 最近股票價格一直往上揚。 |

記憶心法 trend(趨勢、傾向、時尚)的複數形是trends。

| ◀ tropical rainforest | n. ['trɑpɪk!]['ren,fɑrɪst] ◀ At present, farming is reducing the tropical rainforest by 1.5% of its area annually. | 名 熱帶雨林 目前每年1.5%的熱帶雨林因農耕而不斷減少。 |

記憶心法 tropical表「熱帶的」,rainforest表「雨林」,合起來便是「熱帶雨林」。

| ◀ truism 回 truth | n. ['tʊr,ɪzəm] ◀ It is a truism that you get what you pay for. | 名 自明之理,眾所周知的 眾所周知,你得到你所付出的。 |

記憶心法 truism指不言而喻的道理。

| ◀ tumor 回 neoplasm | n. ['tjumɚ] ◀ Yesterday the doctor cut out Mark's tumor. | 名 腫塊 昨天醫生切除了馬克身上的腫瘤。 |

記憶心法	tumor（腫塊、腫瘤）的複數形是tumors。	

◀ **turbid** 回 murky, unclear 反 clear	a. [ˈtɝbɪd] ◀ Some frogs inhabit these turbid shallow waters.	形 混濁的，泥水的，濃的 一些青蛙居住在這混濁的淺水塘裡。

記憶心法	turb表「混亂、雜亂」，id表「有…性質的」，合起訴引申為「渾濁的，污濁的」。	

◀ **turbulence** 回 disorder, fury	n. [ˈtɝbjələns] ◀ From 1966 to 1976, political turbulence was spreading throughout China.	名 喧囂，狂暴，騷亂 從1966到1976年，政治動亂席捲整個中國。

記憶心法	turb表「擾亂」，ulence表「充滿、多」，原意是「嚴重擾亂」，引申為「騷亂、喧囂、狂暴」。	

◀ **turnover** 回 employee turnover	n. [ˈtɝnˌovɚ] ◀ The company has a fast turnover of staff.	名 翻倒，營業額，人員更換率 那家公司的員工流動得很快。

記憶心法	turn表「轉」，over表，合起來引申為「翻倒、轉移」。	

◀ **ubiquitous** 回 omnipresent	a. [juˈbɪkwətəs] ◀ There is no escape from the ubiquitous cigarette smoke in the office.	形 到處存在的 辦公室到處都是菸味，根本無處可躲。

記憶心法	ubiquitous的名詞形是ubiquitousness「無處不在」。	

47 MP3 第十週第一天 (Week 10 — Day 1)

單字‧同反義字	音標‧例句	字義‧中譯
◀ **ultraviolet ray**	n. [ˌʌltrəˈvaɪəlɪt][re] ◀ Ultraviolet ray is harmful to our skin.	名 紫外線 紫外線對我們的皮膚有害。

記憶心法 ultraviolet表「紫外線的」，ray表「光線」，合起來便是「紫外線」。

| ◀ **uncover**
同 unveil, reveal
反 conceal, cover | v. [ʌnˈkʌvɚ]
◀ The young reporter uncovered the whole plot. | 動 揭露，脫帽
那位年輕記者揭露了整個陰謀。 |

記憶心法 un表「相反」，cover表「蓋」，原意是「揭開」，引申為「揭露、脫帽」。

| ◀ **undermine**
同 destroy, rust | v. [ˌʌndɚˈmaɪn]
◀ Generally speaking, the bad cold can undermine people's health. | 動 漸漸破壞，挖掘地基
一般來說，重感冒會損害人們的健康。 |

記憶心法 undermine的動詞三態為：undermine；undermined；undermined。

| ◀ **undertake**
同 guarantee, take on | v. [ˌʌndɚˈtek]
◀ The work was undertaken by us for the time being. | 動 從事，承擔，保證
此項工作由我們暫時承擔。 |

記憶心法 under表示「在…下」，take表示「取」，合併起來便有「從事、著手做」之意。

◀ unearth

回 excavate, disclose
反 conceal, cover

v. [ʌn͵ɝθ]

◀ It's said that the lawyer unearthed some new evidence concerning the case.

動 發掘，發現，挖出

據說律師發現了有關此案件的新證據。

記憶心法 un表「相反」，earth表「土」，原意是「從土裡挖出」，引申為「發掘、發現」。

◀ unify

回 unite, merge
反 separate

v. [ˈjunə͵faɪ]

◀ Germany was unified in 1871.

動 統一，使成一體

德國於1871年統一。

記憶心法 un表「一、統一」，ify表「使成為」，原意是「使成為單一的」，引申為「統一、使成一體」。

◀ unofficial

回 private, unlawful
反 official, lawful

a. [͵ʌnəˈfɪʃəl]

◀ Last week President Reagan made an unofficial visit to the adjacent country.

形 非官方的，非正式的

上週雷根總統到鄰國進行非官方的訪問。

記憶心法 un表示「非、不」，official表示「官方的」，合起來便是「非官方的、非正式的」之意。

◀ untenable

回 indefensible

a. [ʌnˈtɛnəbl̩]

◀ The scandal put the President in an untenable position.

形 不能防守的，不能維持的，支援不住的

醜聞已經使那位總統的地位無法維持下去。

記憶心法 un表示「非、不」，tenable表示「維持的」合起來便是「不能維持的、支援不住的、不能防守的」。

◀ update	v. [ʌpˋdet] ◀ Generally speaking, maps need to update regularly.	動更新，補充最新資料 一般來說，地圖需要經常更新。

記憶心法 up表示「向上」，date表示「日子」，原意是「日曆每天向上翻」，引申為「更新」之意。

◀ uproot	v. [ʌpˋrut] ◀ The typhoon uprooted trees and whipped the slats off roofs.	動連根拔起 颱風把樹木連根拔起，並掀掉了屋頂石板瓦。

記憶心法 up表示「向上」，root表示「根、根部」，原意是「向上拔起樹根」引申為「連根拔起」。

◀ urge 回 impulse, itch	n. [ɝdʒ] ◀ I was afraid of caterpillars and I had an urge to run away from them.	名迫切的要求，衝動 我害怕那些毛毛蟲，我有想跑開的衝動。
回 urge on, press 反 compel, slow	v. [ɝdʒ] ◀ The students urged that the library be kept open during the vacation.	動力勸，敦促，驅策 學生們要求圖書館假期也開放。

記憶心法 urge的動詞三態為：urge；urged；urged。

◀ vaccinate 回 immunize	v. [ˋvæksn̩͵et] ◀ Chris was vaccinated against smallpox as a child.	動預防接種 克里斯小時候就接種了天花疫苗。

記憶心法	vaccinate的動詞三態為：vaccinate；vaccinated；vaccinated。

| ◀ **vacillate**
回 vibrate, hesitate
反 be decisive | v. [ˈvæslˌet]
◀ Jane is decisive and she does not vacillate, and once committed she intended to win. | 動 遊移不定，躊躇，猶豫
珍是果斷的人，行動從不猶豫不決，並且她一旦決定做某事就志在必得。 |

記憶心法	vacillate的動詞三態為：vacillate；vacillated；vacillated。

| ◀ **vain**
回 fruitless, boastful
反 effective | a. [ven]
◀ Generally speaking, there are some people who are vain and extravagant. | 形 徒然的，虛榮的
一般來說，有些人既愛虛榮而且又奢侈。 |

記憶心法	vain的比較級是vainer（較愛虛榮的），最高級是vainest（最愛虛榮的）

| ◀ **vapid**
回 literal, dull
反 interesting | a. [ˈvæpɪd]
◀ I think Arthur is a vapid TV announcer. | 形 無生氣的，無趣味的
我認為亞瑟是位無生氣的電視主播。 |

記憶心法	vap表「蒸汽」，id是形容詞字尾，合起來引申為「索然無味的」。

| ◀ **vector**
回 carrier | n. [ˈvɛktɚ]
◀ Mosquitoes are feared as vectors of malaria. | 名 帶菌者，向量，傳染媒介
蚊子被視為瘧疾的傳染媒介。 |

vect表「傳送、運載」，or表「人」，合起來引申為「傳送者、攜帶者」。

48 第十週第二天 (Week 10 ─ Day 2)
MP3

單字・同反義字	音標・例句	字義・中譯
◀ **vein** 回 blood vessel 反 artery	n. [ven] ◀ At present I am too busy not to be in the vein for jokes.	名 靜脈，氣質，心情 此刻我正忙，沒有心思開玩笑。

記憶心法　vein（靜脈）的複數形是veins。

◀ **vertical** 回 upright, erect 反 horizontal	a. [ˈvɝtɪkl̩] ◀ In some places the cliff is almost vertical, and much too dangerous to climb.	形 垂直的，豎的 有些地方的懸崖幾乎是垂直的，太危險以致不能攀登。

記憶心法　vert表示「轉」，ical表示「…式的」，原意是「天體旋轉的」，引申為「垂直的」的意思。

◀ **vicious** 回 debased, bad 反 virtuous	a. [ˈvɪʃəs] ◀ Daniel leads a vicious life.	形 邪惡的，墮落的 丹尼爾過著墮落的生活。

記憶心法　vicious的比較級是more vicious（較邪惡的），最高級是most vicious（最邪惡的）。

◀ **vigor** 回 activity; energy	n. [ˈvɪgɚ] ◀ We know that a succinct style lends vigor to writing.	名 活力，精力，氣勢 我們知道措辭簡練使文筆有力。

記憶心法	vig表示「活、活力、精力」，or是名詞字尾，合併起來便有「活力、精力、元氣」之意。

◀ **vindicate**
回 justify, justify

v. [ˈvɪndəˌket]
◀ The report vindicated his suspicions.

動 辯護，證實，辯明
這份報告證實了他的懷疑。

記憶心法	vindicate的動詞三態為：vindicate；vindicated；vindicated。

◀ **virtual**
回 practical, effective

a. [ˈvɝtʃʊəl]
◀ The former manager is the virtual head of the business.

形 有效的，實際上的
前任經理是公司的實際負責人。

記憶心法	virtu表示「優點」，al是形容詞字尾，表示「…的」，合併起來引申為「有效的」之意。

◀ **vital**
回 alive, energetic
反 dead, lethargic

a. [ˈvaɪtl̩]
◀ The heart is a vital organ.

形 生命的，致命的，活力的
心臟是維持生命重要的器官。

記憶心法	vital的比較級是more vital（較有活力的），最高級是most vital（最有活力的）。

◀ **void**
回 blank, emptiness

n. [vɔɪd]
◀ The death of his pet left an aching void in Paul's heart.

名 空虛
保羅的寵物死了，這在他心中留下了痛苦的空虛感。

| 記憶心法 | void的複數形是voids。 | |

◀ volume
◎ book, breadth

n. [ˈvɑljəm]
◀ Can you tell me if that volume is still in print?

名 音量，容量，書卷
你能告訴我那冊書還能買到嗎？

| 記憶心法 | volume的複數形是volumes。 |

◀ vulnerable
◎ defenseless
⎓ safe

n. [ˈvʌlnərəbl]
◀ Generally speaking, young birds are very vulnerable to predators.

名 易受傷害的，有弱點的
一般而言，幼小的鳥易受肉食動物傷害。

| 記憶心法 | vulner表示「傷」，able表示「能夠的」，合併起來便有「易受傷的、易傷害的」之意。 |

◀ wage
◎ pay, earnings
⎓ nonpayment

n. [wedʒ]
◀ Eileen's wages are eight hundred dollars a week.

名 工資，報酬
愛琳的工資為每週八百美元。

◎ engage

v. [wedʒ]
◀ Throughout history, England and Spain waged war for many years.

動 進行，開展
縱觀歷史，英國和西班牙曾打過多年的戰爭。

| 記憶心法 | wage的動詞三態為：wage；waged；waged。 |

| ◀ **wallow**
回 welter, rejoice | v. [ˈwɑlo]
◀ Albert is wallowing in luxury. | 動 沈迷，縱樂，沈溺於
亞伯特正沈溺於奢華享樂中。 |

記憶心法　wallow的動詞三態為：wallow；wallowed；wallowed。

| ◀ **wanton**
回 loose, sluttish | a. [ˈwɑntən]
◀ Luke and his family are living in wanton luxury. | 形 無節制的，放縱的
盧克及其家人生活極其奢侈。 |

記憶心法　want表「想要」，on表「在…之上」，合起來引申為「放縱的、荒唐的」。

| ◀ **wax**
回 glaze | n. [wæks]
◀ In the evening the old lady lit up a wax candle. | 名 蠟，蜂蠟
傍晚那位老婦人點燃了一根蠟燭。 |
| 回 polish, shine
反 wane | v. [wæks]
◀ My new floor has just been waxed.. | 動 打蠟，增加，變大
我的新地板剛打過蠟。 |

記憶心法　wax的動詞三態為：wax；waxed；waxed。

| ◀ **weary**
回 bored, exhausted
反 energic | a. [ˈwɪrɪ]
◀ Rose became weary of staying at home. | 形 疲倦的，疲勞的，乏味的
羅絲對老待在家中感到厭煩。 |

| 記憶心法 | weary的比較級是wearier（較乏味的），最高級是weariest（最乏味的）。 |

| ◀ **wedded**
回 married
反 excluded | a. [ˈwɛdɪd]
◀ Ann and Dick are wedded by common interests. | 形 結婚的，連結的
共同 的利益將安和迪克結合在一起。 |

| 記憶心法 | wed表「嫁、娶」，ed是形容詞字尾，合起來引申為「結婚的、連結的」。 |

49 MP3　第十週第三天 (Week 10 ─ Day 3)

單字・同反義字	音標・例句	字義・中譯
◀ **whisk** 回 brush, sweep	v. [hwɪsk] ◀ I asked the waiter to whisk the crumbs off the table.	動 掃，迅速移動，拌 我請服務員把碎屑從桌上拂去。

| 記憶心法 | whisk的動詞三態為：whisk；whisked；whisked。 |

| ◀ **widespread**
回 comprehensive | a. [ˈwaɪdˌsprɛd]
◀ English is more widespread and used more in international intercourse than French. | 形 分布廣的，普遍的
英語在國際交往中比法語使用得更為廣泛。 |

| 記憶心法 | wide表「廣闊的」，spread表「伸展」，合起來引申為「分布廣的，普遍的」。 |

| ◀ **witness**
回 spectator, watcher | n. [ˈwɪtnɪs]
◀ Terry was called as a defense witness. | 名 目擊者，證人，見證人
泰瑞被傳喚作被告的證人。 |

回 observe, see 反 blind, ignore	v. [ˈwɪtnɪs] ◀ Did Harry witness the traffic accident yesterday?	動 目擊，發生 昨天海瑞目擊了這場車禍嗎？
記憶 心法	witness的動詞三態為：witness；witnessed；witnessed。	
◀ **workaholic** 	n. [ˌwɝkəˈhɔlɪk] ◀ I think Steve's a workaholic due to doing a sixty-hour week at the moment.	名 工作第一的人，專心工作的人 我認為史蒂夫是個工作狂，因為他現在一週工作六十個小時。
記憶 心法	work表「工作」，aholic表「…發狂」，合起來引申為「工作狂、工作第一的人」。	
◀ **wreak** 回 inflict	v. [rik] ◀ William often wreaked his bad temper on his family.	動 發脾氣，發洩 威廉常常對家人發脾氣。
記憶 心法	wreak的動詞三態為：wreak；wreaked；wreaked。	
◀ **zenith** 回 acme, peak 反 nadir, bottom	n. [ˈzinɪθ] ◀ At its zenith the Roman Empire covered almost the whole of Europe.	名 最高點，頂點，極盛時期 羅馬帝國在全盛時期幾乎占據了整個歐洲。
記憶 心法	zenith的複數形為zeniths。	

Index

NEW TOEIC系：04

NEW TOEIC 單字
800~900得分策略

作者／張瑪麗
出版單位／哈福企業
地址／新北市中和區景新街347號11樓之6
電話／(02) 2945-6285　傳真／(02) 2945-6986, 3322-9468
出版日期／2015年10月
定價／NT$ 279元（附MP3）

全球華文國際市場總代理／采舍國際有限公司
地址／新北市中和區中山路2段366巷10號3樓
電話／(02) 8245-8786　傳真／(02) 8245-8718
網址／www.silkbook.com 新絲路華文網

香港澳門總經銷／和平圖書有限公司
地址／香港柴灣嘉業街12號百樂門大廈17樓
電話／(852) 2804-6687 傳真／(852) 2804-6409
定價／港幣93元（附MP3）

email／haanet68@Gmail.com
網址／Haa-net.com
facebook／Haa-net 哈福網路商城

郵撥打九折，郵撥未滿500元，酌收1成運費，
滿500元以上者免運費

國家圖書館出版品預行編目資料

NEW TOEIC 單字800~900得分策略
／張瑪麗◎編著
--初版. 新北市中和區: 哈福企業
2915.10
面；　公分---（NEW TOEIC系04）
ISBN　978-986-5616-31-1（平裝附光碟片）
1.英國語言---詞彙

805.1894